꿈꾸는 여자들

박현선 에세이

꿈꾸는 여자들

마치 친구에게
위로받는 그때처럼,
부드럽게 화답하는
치유의 글!

생각나눔

2020년 44편의 글로 산문집 『용맹이, 사과나무 밑에 잠들다』를 출간하며 산문작가의 길을 걷게 되었다. 2022년 2월 두 번째 산문 집 『꿈꾸는 여자들』로 산고를 끝냈다. 코로나 펜데믹 시대 일상에 부딪히며 고통받는 이들이 마치 친구에게 위로받는 그때처럼, 부드 럽게 화답하는 치유의 글로 엮었다.

개인적인 삶은 물론 옹골진 타인의 삶에서 느끼는 감동의 기억 외 '생활 부동산' 상식을 높일 수 있는 내용이다. 누구나 쉽게 이해 할 수 있도록 겪었던 경험, 사례로 도움을 주고자 집필하였다.

1부, 살다 보면 좋은 날이 올 거야!

　　코로나로부터 무장 해제되어 자유를 즐길 수 있는 세상을 기대하며, 힘

　　든 시기를 겪는 이들에게 작으나마 힘이 되어 주는 글이다.

2부, 고즈넉이 쌓여 있는 그리움

　　모든 어버이 정신은 우리와 한몸이다. 그것은 가장 깊은 사랑을 느꼈기

　　때문이다. 그 사랑은 마음을 활짝 열어준다. 열린 마음에 쌓여 있던 그리

　　움을 보태니, 용기를 주고, 희망의 메시지로 응답한다.

3부, 즐거운 생각에서 다시 힘을 얻고

머릿속은 늘 많은 생각으로 가득 차 있다. 주로 살아가며 부딪치는 집착적인 마음이다. 이 생각들이 조각조각 모여져 마음 한가운데 봉우리를 형성하며 육신을 고독하게 만든다. 그렇지만은 않다는 즐거운 생각으로 다시 활기를 찾았던 이야기로 엮었다.

4부, 웃고 또 웃고 지내던 날들

들려오는 소리에 귀 기울여 본다. 사람들의 시끌벅적한 대화 소리, 웃음소리, 고양이의 애교 소리, 자동차 소리를 유심히 들어본다. 여행하며 웃고 지내던 기억들이 되살아나면서 어느새 꽉 닫혀 있던 정신세계가 열리며, 휴식이 찾아든다.

독자들이 마음을 텅 비우고 이 책을 읽기 바란다. 일상에서 벗어나 가슴 밑바닥이 따뜻해지는 걸 느끼게 된다. 그때부터 오묘한 일들이 꼬리를 물고 일어날 것이다.

'왜?'란 물음이 가득한 개인의 삶을 글로 써 표현하다 보니 부족한 점도 있다. 하지만 최소한 이 책을 마무리하는 순간까지 겪고, 깨달은 것들을 독자들께 쉽게 전달될 수 있도록 최선을 다했다.

2022. 6.

저자 박현선

|차 례|

제2부_ 고즈넉이 쌓여있는 그리움

제3부_ 즐거운 생각에서 다시 힘을 얻고

제4부_ 웃고 또 웃고 지내던 날들

제1부

살다 보면
좋은 날이 올 거야!

1

금빛 화살

〰

✩백의민족을 상징하듯, 선수들은 흰색 유니폼을 단정하게 차려입었다. 휘익~, 활시위를 당긴다. 화살이 시위를 떠나 과녁 중심에 '쾅!' 꽂힌다. 도쿄 올림픽을 보고 있다. 애국가가 울려 퍼지자 선수들 눈시울이 붉어졌다. 활의 움직임이 아름답다. 이렇게 선수들은 자신의 몫을 감내하기 위한 날갯짓으로 승리를 얻어냈다. 이날을 위해 멈추지 않고 부단히 정진했을 것이다. 우리는 그래서 그들을 가슴 깊이 끌어안고 찬미한다. 이 살아있는 움직임에 이끌려 간다. 내 삶의 자세를 두드리며 물어본다. '나는 움직이고 있는가?' 올곧게 살아가기 위해 노력하고 행동해 가고 있는가? 소박한 욕심이 허용된다면 살아냄의 옹골진 노력이 빚어내는 삶의 의미 하나쯤 붙잡을 수 있으면 좋겠다.

지금의 시간은 한정된 공간 속에 놓여 있고, 매 순간 나 자신에 닥치는 여러 상황을 견디며 이겨나가길 요구한다. 살아가는 일이 운동 경기와 비교되는 게 당연하게 느껴진다. 어떤 경기치고 인생살이 자세와 그리 큰 차이가 없다고 본다. 어떤 선수들이든 시합에 출전하기 위해 오랜 시간 마지막 땀방울 하나까지 쏟아붓는다. 후회 없는 경기를 치르려고 노력했을 것이다. 결과는 그동안의 정성과 땀이 표현해 준다. 흘린 땀의 노력에도 패배할 수도 있다. 하지만 책임의 무게가 그 선수를 무너뜨릴 수는 없다. 자신의 전부를 걸고 멋진 승부를 펼쳤다면 패배의 순간을 이겨내고, 오뚝이처럼 벌떡 일어날 수 있다. 때론 올림픽에서 목전의 승리를 위한 반칙이 이루어지기도 한다. 용서받지 못할 승자보다는 깨끗한 패자에게 오히려 박수를 보낸다. 욕심으로 승리를 훔친 더러운 승자는 끝내 자신을 속인 자책에 두려울 것이다.

인생도 이와 같지 않을까? 살다 보면 일에 따라 결과를 예측할 순 없지만, 정성 어린 자세로 마주 서는 건, 선수들의 마음과 다르지 않으리라. 모질게 자신을 다지며, 서두르거나 얄팍함에 빠지지 않고 튼실하게 세상에 맞서 나갈 수 있기 때문이다.

2018년 평창 올림픽으로 생각이 이어진다. 경기가 시작되면서부터 열기는 달아올랐다. 관중은 저마다 자국의 선수들을 응원하기에 정신이 없었다. 정작 고군분투하는 선수보다 응원하는 사람이 더욱 열을 올렸다.

펜데믹 시대로 1년 늦게 개최된 2020년 도쿄 올림픽은 선수들의 보호가 무엇보다 중요했기에 소리를 잃어버린 관중석이 되었다. 하지만 선수들은 어깨가 빠지라고 힘껏 화살을 날렸다. 바람을 가르며 과녁 중심에 화살이 꽂히니, TV로 올림픽을 시청하던 이들은 일제히 함성을 지른다. 승부의 세계는 어디까지나 이성적으로 접근할 수 없는 감성의 세계임을 확인하는 순간이었다.

집중력으로 뭉쳐진 예리한 눈동자로 활을 과녁에 적중시키는 선수의 얼굴이 요동친다. 이 장면을 보고 있노라니 사람의 희로애락이 한눈에 느껴져 가슴이 뭉클해진다. 굳은 의지로 꼭 적중시키겠다는 신념이 날개가 되어 과녁 중심을 뚫었다. 선수들의 지난날 행군의 길은 험난했으리라. 하지만 '기필코 해 내리라.'라는 굳은 신념이 지금의 자리를 만들었을 터. 지루하고 지쳐가는 여름이다.

선수들의 경기를 보며 '나도 이겨 낼 수 있어!'라는 극복의 파이팅
을 외쳐본다.

'선수들 머리 위로 폭죽 터지듯, 햇살이 쏟아져 내리네!'

2

썩을 놈의 코로나야!

동네에서 흔히 볼 수 있는 그런 재래시장이 아니다. 과일, 채소, 약초, 잡곡, 의류, 생선 등 무려 천여 명의 상인들이 장사진을 이룬다. 모란역 주변에 자리 잡은 보따리장수까지 포함한다면 그 숫자는 더욱 늘어난다. 지하철 출구를 빠져나와 걷다 보면, 현대식 장터 풍경이 펼쳐진다. 붐비는 인파가 걱정스럽긴 하지만 마스크를 안 쓴 사람이 없고, 턱에 걸치거나 코를 내놓은 사람도 없다. 사람들의 표정을 다 읽을 순 없지만 값싸다고, 맛있다고, 푸짐하다고, 흐뭇해하는 모습이다. 수상한 세월이라 꽁꽁 싸매고 나오긴 했지만, 코로나란 녀석은 눈에 보이지 않으니 조심할 수밖에 없다.

"망할 놈의 코로나 때문에 힘드시죠? 네, 저도, 힘들어 죽겠어요! 그래도 맛있는 거 먹고 다들 힘내자고요~. 좋은 하루 되십시오. 그런 의미에서 싱싱한 과일 싸게 드리고 있어요~. 잘 먹어야 이겨내지요~."

모자, 마스크, 장갑으로 무장한 상인이 크게 외치고 있었다. 이런 호객이라면 기꺼이 넘어가고 싶다. 이 정도 마음이 움직였다면 응원가이다. 염려가 들어 있는 말투가 고맙고, 웃음을 자아내게 한다. 그런 거지, 웃다 보면 웃게 되고, 그 사람 보고 옆 사람이 웃게 되고, 그렇게 살다 보면 기운이 나지 않을까? 정말이지 모란장엔 없는 게 없다. 이곳에 없는 물건이라면 전국 어딜 가도 구할 수 없다. 물론 먹거리 또한 빼놓을 수 없는 장터만의 재미 가운데 하나이다. 막걸리 한 주전자에 모둠전을 한 접시 시켜놓고 요것조것 맛보는 이들. 장터 국밥, 닭발, 똥집, 돼지껍데기 구이에 이르기까지 그 종류도 가지가지여서 장터의 떠들썩한 잔치 분위기와 합을 이뤄 사람들의 입맛을 돋운다.

전통적인 오일장은 그 장을 이용하는 지역 중심으로 걸어서 2시간 안에 해당하는 거리에 생겨났다. 수줍은 여인네였던 할머니. 장날엔 바쁜 손길로 골라놓은 콩이나 팥을 머리에 이고 새벽길을 재촉한다. 그래야만 아침나절부터 모여드는 장꾼들에게 곡물 팔기가 수월하다. 그 돈으로 찬거리, 생필품을 챙길 수 있다. 그렇게 서둘러도 집으로 돌아가는 시간은 언제나 저물게 마련이다. 마을 사람들끼리 무리를 지어서 새벽길과 밤길을 함께 오가며 그간 묵힌 이야기를 나눈다. 그 때문에 장날은 단순히 서로 교환을 위한 시장적 의미만을 지닌 게 아니다. 이웃 마을 사람들 간의 소통 내지는 정보를 주고받는 광장이나 마당이 되었다.

"얼~ 씨구 씨구 들어간다~. / 절~ 씨구 씨구 들어간다~. / 작년에 왔던 각설이~ / 죽지도 않고 또 왔네…."

각설이들의 주 활동무대는 장터였다. 5일마다 차려지는 장을 찾아다니며 주로 돈을 얻었고, 밥을 얻기 위해 마을의 집 문전을 찾기도 하였다. 나름 인생 이야기를 가지고 있으므로 체면과 부끄러움도 넘어선 그들이다. 머리, 등을 벅벅 긁어대고, 양손 엄지손톱을 꾹꾹 눌러 이를 잡고, 그것을 다시 입으로 가져가 빨아먹는 시늉을 한다. 아주 원색적인 동작의 춤을 연속적으로 보여준다. 그들은 남을 해코지하려는 마음이나, 자신을 위해 욕심을 부리는 행위도 없다. 각설이는 구경꾼들을 바보로 만들기도 하고, 자신이 바보가 되어 웃고 즐기고 있다. 익살의 자연스러움에서 영혼의 자유로움이 느껴진다.

각설이가 간절한 마음으로 장터가 떠나갈 듯 소리를 지른다.
"이 썩을 놈의 코로나야! 급행열차 잡아타고 써~억 물러가라!"

호령 소리와 뒤섞여 맹맹한 확성기 소리가 들려온다.
"야생 토종닭 할인 행사합니다~. 코로나 면역엔 직방이지요~."

3

톱니바퀴와 추

크르릉, 크르릉….

그루밍을 즐긴 고양이 수호는 연신 입을 '쩍!' 벌리고 하품을 해댄다. 온몸이 나른해졌는지 만족스러운 모습으로 자고 있다. 사람처럼 코를 곤하게도 곤다. 코앞까지 다가서도 아랑곳없이 여름잠에 취해 있다. 코 고는 모습을 보고 있으려니 절로 웃음이 난다. 벌써 함께한 시간이 5년이나 되었다. 고양이의 수명을 사람의 시간과 비교해 보니, 35살에 접어들었다. 지내오면서 이들의 생명 시간을 잊고 있었다는 쓸데없는 생각이 들었다. 나는 고양이 엄마로 이렇게 많은 시간을 보내는 이유가 무엇일까? 비록 고양이지만 진지하게 살아가는 모습을 보며 행복을 느끼는 것인지도 모르겠다. 몸집이 작은 수호의 동작은 조용하고 빠릿빠릿해서 보고 있으면 기분이 좋아진다. 반면 몸집이 큰 먹보 사랑이는 느긋하고 태연자약한 데가 있다.

동물과 사람의 몸 크기와 시간 사이는 어떤 관계가 있을까?

심장이 뛰는 간격은 반복되는 시간 간격이다. 숨을 들이쉬고 내쉬는 시간이나 창자가 꿈틀거리는 시간도 마찬가지이다. 혈액이 몸속을 순환하는 시간과도 관계가 있을 것이다. 생명도 태어나서 죽고, 다시 태어나는 반복 활동이 기준 시간은 아닐까? 동물이나 사람이나 이러한 반복 속도가 체중에 따라 달라지겠지. 한번 회전하여 돌아오는 시간은 몸집이 클수록 오래 걸리고 작은 것일수록 뱅글뱅글 빠르게 돌아갈 것이다. 고양이에게는 고양이 시간이 있고, 사람에게는 사람의 시간이 있다. 작든, 크든, 동물이든, 미물이든 각자 몸 크기에 따라 다른 시간을 살아가는 성싶다.

우리는 보통 시계를 이용하여 시간을 잰다. 톱니바퀴와 추를 결합하여 만든 기계 장치가 째깍째깍 시간을 잘라내고, 시간은 만물을 똑같이 비정하게 내몰고 있다. 시간은 공간과 함께 시작되었다고 본다. 시간은 끊임없이 흘러서 오늘에 당도했다. 그리고 또 미래를 향해서 끝없이 흘러간다. 왔다가 가는 흐름, 그것이 세월이고 시간의 성질인가 싶다. 그렇다면 이런 비유도 가능하지 않을까. 공간이 육체라면 시간은 영혼이라고….

어릴 적에는 시간이 천천히 간다고 여겼다. 그 무렵에는 세상 만물의 이치를 보는 대로 흡수하는 시기라 호기심을 가지고 끊임없이 새로운 것을 받아들여서일까? 나이가 들어가면서부터는 시간이 빠르게 지나가는 것 같다. 호기심도 없어진다. 예전에 다 보았던 것이 생각을 흔들어 놓기 때문은 아닐까? 그래서 그런지 세상 보는 눈이 시들해진 배춧잎 같다. 누가 무슨 이야기를 해도 경험했거니 싶은 그렇고 그런 다 아는 이야기로 들린다. 떠들썩한 논쟁거리에도 흥미가 없다. 그러니 시간이 나를 외면하고 재빨리 지나가나 보다.

만일 시간이 흐르지 않고 멈춘다면 어떻게 될까? 세상은 어둠의 세상으로 변할 것이고, 기다리는 행복은 오지 않을 것이다. 그 무엇도 어느 곳에도 다다르지 못할 것이다. 왜냐하면, 모든 것은 시간이 작동되어야 생명을 연명할 수 있으니까. 그래서 최후의 승자는 시간이라고 하는지도 모르겠다. 내가 시간을 비켜서서 마치 세상 이치를 다 아는 사람처럼 그것은 그렇고 이것은 이렇다며 아무런 호기심도 없이 산다면 시간은 그런 나를 지나서 '후딱' 갈 수밖에 없을 것이다. 시간은 나와 거래할 일이 없을 테니까. 그러면 나는 더 빨리 늙고 말 것이다.

돌고 돌듯, 오늘은 어제의 되풀이요. 내일은 오늘의 복사본처럼 살아내고 있다. 어제가 휴일이었는데, 금방 오늘이 휴일인 것 같다. 엊그제가 작년인 듯한데 벌써 한 해가 다 간 느낌 속에 살고 있다. 시간을 탓하고 세월을 보채면서 말이다. 호기심과 열정, 감동의 끈을 놓지 않고 싶다. 그래야만 몸은 늙어가도 마음만은 젊은 영혼으로 살아갈 테니까.

4

사는 맛을 주는 와인

$\wr$

송산 포도 농장이 까마득히 넓어 보인다. 농장의 넓이는 만여 평, 그중 경작 면적은 오천여 평이다. 십여 년 전, 순영이는 각박한 사회생활에 떠밀려서 도시 생활을 청산하고 귀농을 결정했다. 염전이었던 들판이 포도송이로 꽉 들어차 있다. 물론 이 성과를 거두기 위해서는 하늘의 도움만이 아니라, 이 농장에서 일하는 부부의 흘린 땀도 적지 않았으리라. 농익은 포도송이를 만들기 위해 수 없는 손길로 가꾸었을 순영이를 생각하니 대견해진다.

풀로 덮여있는 밭을 전쟁하듯 갈아엎고, 각종 벌레와의 싸움이 치열했을 것이다. 하늘의 심술에 맞서 관리하느라 엄청난 시간과 경비도 투자했다. 이런 노력 덕분에 여름걷이를 시작했다. 이제는 흘린 땀의 대가를 거두어 유기농 포도로 와인을 생산하고 있다. 그녀는 알코올 농도가 낮고 맛이 부드러운 저가 와인을 대형마트나 편의점에도 입점시키고 있다며 함박웃음을 지었다. 나는 와인의 용어와 매너를 잘 모르고 마실 때, 종종 스트레스를 받는다. 하지만 그녀는 자신이 좋다고 느끼면 그만이지 틀에 얽매일 필요는 없다고 말한다.

"와인을 여유롭게, 유쾌한 분위기에서 가까운 사람들과 즐겁게 마시면 되는 것이지 잡다한 지식이 필요한 게 아니야. 이 와인, 저 와인 마시다 보면 자연스럽게 산지와 와인의 종류, 수확 연도에 관심을 두게 되지."

이어 알코올 도수가 낮다고 와인을 쉽게 보고 벌컥벌컥 마셨다간 큰일을 당할 수도 있다고 말한다. 발효주인 까닭에 많이 마시면 양주보다 숙취가 오래가고, 고통에 빠지게 된단다. 하지만 코로나 19 종착점을 예측할 수 없는 답답한 시대에 면역력도 강화하고, 항암 효과와 더불어 심장병 발병도 감소시켜 주는 묘약이라고 예찬한다.

그녀에게 평소에 궁금하던 걸 물었다.

"와인을 같은 잔에 계속 마시면 안 되는 거니? 잔은 왜 모양이 각기 다를까?"

그릇에 따라 물의 형태가 달라지듯, 와인의 맛과 향은 잔에 따라 다르단다. 같은 종류의 와인이라도 길쭉하고, 오목한 잔에 따르면, 잔 맨 위쪽에 모인 과일 향을 강하게 느낄 수 있고, 더 넓은 둥근 잔에 따르면 아래쪽에 깔린 참나무 향이 약하게 위로 올라가니까 은근하게 느낄 수 있단다. 이러한 이유로 와인이 바뀔 때마다 잔을 바꾼다는 것이다. 앞서 마신 와인의 맛과 향이 섞이는 것을 막기 위해 잔을 새것으로 바꿔줘야 한단다.

"섬세하게 느끼려면 달걀처럼 입구가 몸통보다 살짝 오므려진 잔이 좋고, 입이 닿는 곳은 매끈해야 부드럽게 넘어가겠지!"

집에 손님을 초대해 함께 즐기는 것을 좋아한다. 좋은 사람들과 공유할 때 그 행복감은 몇 배로 커진다. 마음이 통하는 지인들과 함께 하는 와인은 선별 단계부터 기쁨을 선사해 준다. 판매점에서 싸고 좋은 와인, 달콤한 와인, 새로운 와인을 이리저리 살펴 가며 고르면서 그날 초대할 손님과 식탁에 오른 음식에는 또, 어떤 와인이랑 어울릴까? 고민도 즐거움이 된다. 맛있는 음식을 만들어 놓고, 향기로운 와인 잔을 부딪칠 때면 이게 바로 사는 맛이 아닐까 싶다. 와인 잔을 가볍게 마주 대며 눈과 눈끼리 만나는 순간 맑은 눈빛이 된다. 얼굴의 눈, 코, 입, 귀, 그리고 마음마저 화사해진다.

'쨍~ 하는 상큼한 소리에 향이 뭉쳐지니, 몽롱한 기분에 빠져드네!'

5

쇠똥구리 발자국

더위가 곰팡이 피어나듯 등줄기에 퍼지고, 화기가 온몸에서 끓어오른다. 뛰면서 음악을 즐기고 싶다. 사실, 댄스곡은 여름에 즐기기에 안성맞춤이다. 그럴 땐 혈기로 무장된 우리는 어딘가로 가곤 했다. 댄스곡이 쿵쾅거리고 네온이 울긋불긋 비춰대는 지하 어둠 속, 귀청을 찢을 듯한 음악 소리, 끈적거리는 열기 속으로 빨려 들어간다. 춤으로 자신의 피를 뜨겁게 달구어 이열치열로 맞선다. 얼굴을 가려주는 검푸른 어둠은 용기를 준다. 번개처럼 쏘아대는 조명은 기름을 붓듯 '춤바람'에 자신감이 솟아나게 한다. 시원한 맥주 한 모금을 들이킨다. 몸속에 갈색 거품을 부으면 낙타처럼 뛰는 여자로 변신한다. 음악을 타고 넘실대던 춤은 발광으로 이어진다. 모든 것을 잊게 하는 마법에 빠져 한여름 밤을 즐겨댄다.

학창 시절. 무용이란 과목에서 댄스를 구체적으로 배우게 되었다. 강당은 유난히 북적거린다. 삼삼오오 모여서 댄스 연습을 한다. 그 시절 인기 있는 각종 춤을 배우고 익혔다. 가을 체육대회 때는 반별로 의상을 갖추어 입고, 준비된 음악에 맞추어 매스게임을 연출했다. 춤추는 모습에서 환희가 느껴지고 지켜보는 관객들은 박수를 보낸다. 어린 눈에 비친 무용 선생님은 몸매가 좋고, 머리를 길게 늘어트린 지적인 미인이었다. 댄스를 잘하기 위해서는 바른 자세를 만드는 일이 매우 중요하단다. 아름다운 자세가 나오기 위해서는 먼저 충분한 스트레칭과 유연성을 향상해 주는 체조를 통해 단련하고, 자세를 도와주는 동작을 여러 번 반복하면서 몸에 익숙해져야 한다고 강조하셨다. 댄스를 하기 전, 준비 운동으로 왈츠 음악을 들으며 자연스러운 호흡과 편안한 마음 상태를 갖는다. 자신의 유연성에 맞게 다리, 어깨, 복부, 등의 큰 근육부터 스트레칭을 하면서 단계적으로 횟수를 늘려야 한다고 말씀하셨다. 머리로 먼저 이해를 시키고, 몸이 춤을 받아들이게 하는 댄스 전 준비 운동은 지금까지도 몸을 유연하게 하는 데 활용하고 있다.

을지로입구역에서 무용을 포함한 여러 장르 공연을 보여주고 있었다. 지하철역에서 하는 공연이라서 그런지 편안한 자세로 서거나,

바닥에 앉아 볼 수 있었다. '쇠똥구리 발자국'이란 제목부터가 나의 호기심을 자극했다. 안무자 중 한 분이 나와서 쇠똥구리의 삶을 춤으로 승화시킨 공연에 대해 세세히 설명해 준다. 쇠똥구리는 원래 소똥을 먹거나 그 속에서 평생 묻혀 사는 벌레이다. 사람의 오만 가지 군상을 배우기에는 지하철만큼 적절한 장소가 없을 것 같아 이 작품을 이곳 무대에 올리게 되었단다. 하루 일을 마치고 지쳐버린 자신과 그리고 나와 다를 게 없어 보이는 지하철 사람들을 지켜보고 있노라면 더러운 똥인 줄도 모르고 생명줄처럼 연명하는 쇠똥구리와 같은 비애감도 생길 것이다. 안무자는 이 사회가 소똥 밭과 별다를 게 없다는 생각을 하는 것일까? 그래서 그런지 쇠똥구리의 고뇌를 역동적인 동작으로 표현한 것이 뇌리에 남는다. 사람의 몸이 쇠똥구리 벌레로 변해 섬세하게 움직여댄다. 내가 변신한 듯 착각에 빠지게 한다. 짜릿한 전율이 교차하며 춤에 점점 취해간다.

쇠똥구리로 변한 안무자의 동작을 보면서 공간에 따라 춤의 선은 무한하다는 것을 알 수 있었다. 무대가 완전히 노출된 경우라 공연 중에도 많은 사람들이 꾸역꾸역 모여들었다. 갈 길을 잠시 접은 채 즐거운 한때를 경험한다. 특히 번잡한 을지로입구역에서 보여준 공연이 목적지로 또다시 바삐 움직여야 하는 사람을 잡아 두기란 결코 쉬운 일이 아니었을 텐데.

이날 공연하는 안무자들은 사정없이 흘러내리는 땀을 참아가며 보기 좋은 무대를 만들었다. 지하철역에 설치한 딱딱한 평상 바닥에서 무용하는 것이 안무자들에겐 부담스러웠을 것이다. 무용이 생소하게 느껴지지 않았고, 아름다운 춤 동작을 편안하게 볼 수 있는 무대였다. 춤은 관객에게 단 한 번 보일 뿐이지만, 오래 기억하게 하는 것에 그 의미와 가치가 있는 것 아닐까?

6

'멍멍'이 아니라 '머~엉'

 "선생님! 아호가 '담헌(潭軒)'이면서 '머엉'이시네요!"

'담헌'이란 아호는 무덤덤한 듯하면서 변함없는 생을 살라는 의미에서 스승이신 근원 구철우 선생이 지어준 것이다. 이외에도 널리 알려지지 않은 아호가 하나 더 있다. 전명옥 서예가 자신이 지었다는 '머엉'이다. 처음 들었을 땐 멍멍 개 짖는 소리 같은 장난기가 서려 있는 듯해, 으하하… 웃음이 터졌다. 하지만 '머엉'은 예술가로서 바른길을 걷겠다는 다짐을 넣어 해학적으로 지었다고 한다. 그래서 그런지 작품이 글씨 같기도 하고, 그림 같기도 하다.

처음 대할 때는 도무지 분간이 안 되었다. 그래서 마치 숨은그림찾기 하듯 제목과 견주어 차근차근 관찰한 뒤에야 의미를 알게 되었다. 보통 서예에서 상상할 수 없는 과격해 보이는 비유나 미의 조

형성이 작품에 숨어 있다.

"나는 누구인가?"

전시회 작품의 주제로 택한 이유를 여쭈어보았다. 크게 보는 의미
는 자신을 깨우치고 이를 한 획에 담아 세상과 소통코자 하는 마음
이 담겨있다. 세상의 모든 것이 나의 마음에서 시작한다는 것을 관
객들에게 묵시적인 암시로 전해주기 위해서다. 그리고 한 걸음 더
나아가서 '나의 마음'은 단지 나의 마음에만 머물러 있지 않고 타인
과의 관계를 형성하는 가장 근본적인 출발점이 된다는 것이다.

다른 작품에서는 비정규직이나 청년실업과 같은 소외된 계층에
게도 볕 들 날이 있을 거라는 암시를 선명하게 드러내기도 한다.
결국, '나는 누구인가?'에서는 서예가 자신이 예술인이지만 작금의
사회문제를 외면하지 않고 이를 날카로운 붓끝으로 경종을 울리고
계셨다.

누구나 추구하는 글씨의 세계는 '자기의 것, 자기의 작품'을 쓰는
것에 집중된다. 자신에게 가장 잘 맞는 자신만이 구사할 수 있는 것
을 찾아 세우는 것 또한 남과 다른 자신만의 예술 세계를 만드는
것이다. 그분은 한글이든, 한문이든 구분하지 않고 각 문자의 특성

과 지닌 내용을 최대한으로 살려내면서 형상화 시켜내고 있다. 습윤과 드라이함의 기막힌 조합으로 비백과 번짐의 접점을 이룬 미감은 오래도록 머리를 휘감고 있다. 한 번 맛보면 헤어나기 힘든 음식처럼 중독성이 강한 괴력을 지녔다고나 할까?

"삶이 뭔가, 너무 골똘히 생각한 나머지 기차를 탔다 이겁니다. 기차를 타고 한참 가는데, 누가 지나가면서 '삶은 계란, 삶은 계란.'이라고 하는 거죠."

먹으로 '김수환 추기경' 얼굴을 계란 모양으로 표현하고, 생전에 하신 말씀을 적어 넣은 「삶은 계란」이란 수묵담채 작품이다. '삶'을 '계란'이라는 통찰력을 통해서 삶이 멀리 있는 것이 아니라 나에게 밀착되어 있다는 것을 일러주고 있다. 거창하지도 않다. 유머러스하지도 않다. 그런데도 가슴의 서늘함을 느낀다. 어쩌면 '머엉' 전명옥 선생은 삶은 거창하게 저 멀리, 혹은 저 깊은 곳에 있는 것이 아니라 자신을 둘러싼 모든 것 속에 있다고 본다. 그리고 자신을 둘러싸고 있는 모든 것들을 쓰고, 그려내었다. 자신과 자신을 둘러싼 것들이 밀착될 때 비로소 자신이 존재한다는 것을 글자, 그림으로 표현하고 있다.

선 하나 글자 한 자에도 혼을 담아 쓰시는 '머엉' 전명옥 선생은 이렇게 말씀하셨다. 옛 선인들이 물려준 진실하고 힘이 되는 말씀이 작금의 사람들에게 내려져 삶의 구심점이 되었으면 하는 바람이다. 일상의 웃고 울고 하는 삶을 가감 없이 드러내 보이면서 글에 내재한 사상과 한 획의 붓 터치로 서로의 마음과 마음이 하나로 이어지기를 소망한다고 말씀하셨다.

"글자 같은 그림, 그림 같은 글자에 머~엉 빠져드네!"

7

살다 보면 알게 돼

원주가 고향인 조카 수형이가 물류회사에 취직하여 곤지암에 원룸을 얻어 생활하고 있다. 설 연휴라고 집에 인사를 왔다.

"식사는 직접 해 먹고, 다니는 거니?"
"아니요! 아침은 거의 편의점표 김밥을 사 먹고, 점심은 회사 구내식당에서 먹어요."
"저녁은, 직장 동료들과 자리를 함께하며 야식 겸 때우고 있어요."
"먹는 것보다 집세가 더 문제예요."

최근 몇 년 사이 집세도 많이 올라 전철역 인근에는 꿈도 못 꾸고, 외진 곳에 원룸을 얻어 지내고 있다. 원룸 관리비, 식비, 품위 유지비에 드는 비용이 턱없이 많이 든단다. 그래서 먹는 데 드는 비용을 줄이고 있었다. 교통비 같은 비용을 제외하면 최소 줄일 수 있는 건 먹는 것뿐이다. 생활비 몇만 원이 아쉬워 먹고 싶은 음식도 포기하고, 커피도 마시지 않는다. 생활비를 아끼는 게 습관이 되다 보니, 주말엔 라면으로 끼니를 해결하고, 방안에 틀어박혀 TV를 보거나 휴대전화로 유튜브 동영상을 보면서 황금기 젊은 시절을 보내고 있었다. 현실이 이러니, 친구들 만남도 자제하고, 애인을 사귀는 건 꿈도 못 꾼다고 한다. 부모님 집에나 가야 배를 든든히 채운다고 너스레를 떤다. 내려갈 때마다 살이 쪄서 오는데, 올라오면 다시 빠진다는 말에 부모 마음이 되어 씁쓸해진다.

"이모, 이러니 저에겐 먹는 것이 살기 위한 것이지. 그 이상도, 이하도 아니에요."
"그래도, 너희에겐 젊음과 미래가 있으니까, 열심히 사노라면, 나아질 거야!"

평범한 가정에서 태어난 젊은이들에겐 취직해도 자신의 월급으로는 주택을 마련할 수도 없다. 이러니, 많은 젊은이가 결혼도 포기하고, 그냥, 그렇게, 외로운 삶을 살아가고 있다.

"그래, 너희들이 혼자 먹고살기도 힘들어지니, 점점 외톨이가 되어가는구나!"

예전 부모님들은 내 노후 준비가 어려워도 자녀 먼저 지원했다. 하지만 우리 세대도 내 힘으로 벌어 쓰다 보니, 정년 퇴임 후 수십 년을 수입 없이 높은 물가와 씨름하며, 가진 것 안에서 아껴 쓰며 살아가야 한다. 그래서 결혼 문화가 바뀌었다고 한다. 다들 그렇지는 않지만, 결혼 상대를 선택할 때, 할아버지, 할머니 재력도 본다고 한다. 할아버지, 할머니는 돌아가실 날이 가까워지면 어렵게 사는 손자나 손녀가 안타까워 챙기게 된다는 것이다. 참, 서글픈 사회 현상인 듯하나 이해는 간다.

이제, 능력이 안 되면 결혼은 생각지도 말라는 시대가 오고 있는 것인가?
하지만, 사람은 누구나 경제력이 없어도 사랑은 할 수 있다. 진실한 사랑에서 조건은 우선순위가 되지 않는다. 남녀의 사랑을 어떻게 계산할 수 있을까? 부족하면 부족한 대로, 이것이 자신의 운명이라고 믿고, 사랑하는 사람이 있다면 따질 것 없이 결혼해야 한다. 누구나 결혼 상대자를 고를 때, 서로의 조건보다, 자신을 사랑해주

는 사람을 진정 원한다. 하지만, 그것도 자신이 그런 사랑을 받을
만한 준비가 되어 있어야 하지 않을까? 상대의 조건을 따지지 않고
말이다.

　요즘은 남녀의 만남도 투자이고, 결혼하는 것도 비즈니스라는 말
도 있지만, 오늘을 살아가는 젊은이들은 조건 없는 사랑을 할 수
있어야 축복받는 결혼이 되지 않을까? 행복이란 저절로 찾아오는
것이 아니라 자신들이 만들고 가꾸는 것이다. 그 사랑의 진실함은
두 사람이 살아 나가는 길에 스스로 터득하는 것이다.

8

내조는 힘들어!

〉〉〉

✨금요일 오후인데도 코로나바이러스 영향인가, 먹자골목은 한산하다. 더러 문을 닫은 곳도 있다. 우리가 들어선 음식점은 곱창집이다. 공사도 막바지에 접어들었고, 짓고 있던 제조장은 준공 검사를 기다리고 있다. 건설사 사장과 막창을 구우며 시작한 사업 이야기는 우리 부부 얘기로 넘어왔다. 남편 친구이기도 한 건설사 민 사장은 "제수씨! 인제 그만 좀, 같이 다녀요!" 짓궂게 웃으면서 말을 건다. "네~에! 저도, 너무 힘들어요! 혹여, 술 마시고 운전이라도 할까? 걱정돼서 함께 다니는 거라고요!" 볼멘소리로 말하자, "저렇게, 또, 농담한 걸 가지고 정색하기는 그럼, 제가 미안해지죠. 저도, 제수씨가 친구랑 같이 다니니까 보기도 좋고, 마음이 놓여요.

민 사장은 얼근히 취기가 돌자 노래방으로 2차를 가자고 졸라댄다. 마지못해 따라나섰다. 노래를 찾는 동안 캔맥주, 소주, 안주로 먹태가 들어왔다. 재빠르게 컵에 맥주를 따르고 소주를 배합했다. 민 사장은 노래를 부르기 시작했다. 탬버린을 챙겨 들고 박자를 맞춰줬다. 노래방 안은 걸쭉한 땀 냄새로 시큼하게 젖어간다. 민 사장이 제수씨도 한 곡 하라는데 맨정신에 노래를 부르는 것은 고역이다. 몇 년 전, 화성 관광단지 개발 시절에 남편과 함께 중국과 일본을 비즈니스 관계로 자주 오간 일이 있다. 그때 일본어와 중국어를 공부하면서 그 나라 노래를 좋아하게 되었다. "티엔 미~미~. 니~ 샤오~더 티엔~ 미~미…." 「첨밀밀(달콤하다)」을 한 곡조 하고 나니, 잘한다며 박수를 보낸다. 민 사장은 아들이 일본에서 유학 생활을 하다 일본 여성과 결혼을 하였단다. 아들이 보고 싶다며 일본 노래도 불러 달라고 요청을 한다. 무슨 노래를 할까? 고민하다 학창시절 좋아했던 「고이비토요(여인이여)」를 부르기로 마음먹었다. "카레하찌루~ 유우~ 구레와…." 목소리가 올라가다 갈라져 끊긴다. 술을 한 방울도 안 마시고 노래하니, 깊은 흥이 나질 않는다.

이 분위기에 있다 보니, 난 정말 내조의 여왕인가?

일본에서 기업체 관계자가 한국을 방문할 때 공항에 가서 모셔

오는 일은 나의 임무였다. 운전이 여간 조심스러운 게 아니다. 물음에 답하랴, 운전하랴, 긴장은 회사에 도착해서야 끝이 난다. 참, 그때도 정신없이 뛰었는데…. 일본에 부부 동반으로 방문하는 경우가 종종 있었다. 통역이 있어도, 간단한 대화는 직접 해야 한다. 일본 기업 회장님도 부인과 대동한다. 주로 부인들끼리 차를 타고 이동하거나 식사 때 어울리는 경우가 많았다. 그런 경우, 대화를 이어가다 보니 혼자 여행할 정도로 언어 실력이 늘어갔었지.

끝없이 이어질 것만 같던 술자리도 12시가 다가오니 끝이 났다. 화성은 밤이면 산업체 건물이 많다 보니 깜깜이가 된다. 어두컴컴한 길을 더듬으며 집으로 돌아오다 보니, 내가 무엇에 홀린 건가? 계속 그 자리만 돈다거나 산길로 연결되기도 한다. 결국, 산길 꼭대기까지 올라가고 있다. 아래를 내려다보며 나는 입을 다물지 못했다. 암흑 속에서 무언가가 덮칠 것 같고, 눈앞이 안개로 자욱해져 있다. 그런 데다가, 빗물까지 떨어져 내렸다. 앞을 분간할 수 없어 귓바퀴와 코끝에 신경이 모인다. 한참 뒤에야 정신을 가다듬고 산등성이를 내려오기 시작했다. 한 번도 본 적 없는 도로를 지나고 있다. 내리던 비가 잠시 숨을 죽이자 어슴푸레한 안개가 피어오르며 앞이 전혀 보이지 않는다.

"까악!" 외마디 비명을 질렀다. 목젖이 갈라질 만큼 숨이 가빠온다. 어디로 가는지 도무지 알 수가 없다. 내비게이션이 가리키는 곳은 가도, 가도 낯선 곳이다. 남편에게 "좀, 일어나봐요!" 몸을 일으키며 "여기가 어디야?" 놀란 기색이다. "모르겠어요! 내비게이션을 보고 왔는데 모르는 길만 계속 나오네요! 더욱이 차창에 성에까지 껴서 앞이 전혀 보이질 않아요." 남편은 술이 깼는지 "화성은 구도로가 많아, 운전하려면 헷갈리지. 이젠, 걱정하지 마! 여긴 내 구역이니까. 가만있자! 근데 앞에 웬 물이야? 매향리 포구잖아! 큰일 날 뻔했네. 후진해서 왔던 길로 나가야 해!"

다음날, 남편은 "토지 번지를 메시지로 보냈는데, 토지이용계획확인서 빼서, 핸드폰으로 찍어 보내줘. 등기부 등본도 신청해 찍어 보내고, 공유물 분할 소송하는 거 사건 검색해서 알려 주고, 오후에는 곤지암 현장 같이 다녀와야 해!"

'어이구…, 내가 무슨 기계인 줄 아나?'

9

희정이의 사과 농사

✨희정이는 부산 기장군에 살다가 강원도 인제군 기린면으로 귀농을 했다. 도시형 어촌에서 살다가 농촌으로 거주지를 바꾸었다. 그녀는 짚불 꼼장어구이 음식점을 운영했다. 이십여 년 열심히 일을 했는데 허리 디스크가 생겨 두 달간 아무 일을 하지 않았다. 그런데 일하는 것보다 일하지 않는 것이 훨씬 힘들었다. 그러던 중 공기 좋은 곳에 가서 유실수도 키우고 흙도 만지며 살고 싶다는 생각이 들었다.

땅을 마련하는 일부터 신중해야 했다. 친정 식구들이 있는 인제 쪽으로 알아보기로 했다. 군청이나 농업기술센터를 찾아가 상담했다. 영농 창업 지원이나 농가 주택을 매입할 때 정부로부터 지원을 받을 수 있었다. 정착비나 주택지원비, 농기계 구매비, 지하수 개발

비용을 장기 저리로 융자해 주기도 하고, 무상으로 해 주는 곳도 있
었다.

높은 산이 삼각형 모양으로 둘러싼 곳이었다. 공기의 흐름도 고
요하고 햇볕이 많았다. 흙은 황톳빛으로 과실 농사를 짓기에도 안
성맞춤이었다. 매물로 나온 넓은 임야는 가격도 인근 토지와 비교
하니 저렴하고, 과수원 하기도 적합했다. 하지만 임야 안에 비바람
이 들이치면 금방이라도 허물어질 것 같은 주택이 있었다. 토지 따
로, 주택 따로, 등기되어 소유주도 달랐다. 주택을 앉힌 자리는 30
여 평이었고, 텃밭과 창고로 사용하는 땅까지 더하면 백여 평을 차
지하고 있었다. 흙집으로 지어졌고, 대문 입구에는 큰 나무가 턱 버
티고 있었다. 출입하기에도 불편할 뿐 아니라 벼락이라도 치면 위험
해 보였다. 수목이 많아 나무들을 제거하는 비용도 만만치 않게 여
겨졌다. 하지만 돌담에는 대나무가 우거져 있어 운치가 있었다. 천연
림이 조화를 이룬 청정지역으로 과일 농사에는 최적의 장소였다.

그녀에게 귀띔했다.
"번거롭더라도 거주하고 있는 낡은 주택을 토지와 같이 매입하세
요. 주택이 깔고 앉은 30여 평을 빌미로 군청에 양성화를 신청하면

백여 평을 대지로 전환하는 기회가 되거든요!"

그녀는 다양한 체험을 할 수 있는 체험 마을을 구상했고, 화가인 남편은 목공예 교육까지 받고 정착할 준비를 하였다. 기존 낡은 주택이 있는 백여 평 토지를 대지로 전환하면서 평소에 꿈꾸던 황토 주택으로 개조하였다. 벽지는 한지로 바르고, 장판은 콩 빛깔로 깔았다. 쓸고 닦고 했더니, 그런대로 아늑한 모양새를 갖추었다. 그렇게 그녀는 초보 농군으로 인생 2막을 시작하였다.

사과 열매가 잎이나 가지에 의해 가려지는 부분 없이 햇빛을 고르게 받고 새빨갛게 익어간다. 겨울에는 가지치기 봄에는 사과 알을 일일이 솎아 햇빛을 받게 하였다. 사과에 봉지를 씌우는 것도 만만한 일은 아니었다. 하지만 그 안에 빛을 모아 사과 전체에 골고루 빛을 받게 하여 '특등급' 사과를 빚어내는 건 매우 중요했다. 엽록소가 생기지 않으면서 사과 표피가 더욱 붉어져 간다.

"사람들은 빨간 사과만 좋아해요!"

사과를 눈으로 먼저 먹으니 같은 값이면 다홍치마라는 말처럼 빨갛고 매끈한 사과를 선호하나 보다. 사과는 밑부분과 배꼽 주변이 푸르스름해도 맛이 있다면서 햇빛, 바람, 비, 서리에 자연스레 노출되면서 더욱 단단해져 당도가 높아져 간단다. 검은 점이 박혀 있는 사과는 얼핏 맛이 없어 보이지만 자연이 선물한 '영광의 상처'라고 한다. 병충해의 침입을 받았다가 자연 치유된 병점이나 바람에 의해 상처가 생겼다가 아문 자국이기 때문이다. 사과에 묻어 있는 흰색 얼룩은 농약이 아니고, 탄산칼륨 살포 후 비에 맞아 얼룩으로 남은 것이란다. 물로 닦으면 바로 지워지기 때문에 안심하고 씻어 먹으면 된다고 하였다. 처음 직거래 고객을 만드는 것은 쉬운 일이 아니지만, 그것이 가장 큰 재산이 되었고, 이제 사과가 여물면 고객들에게 먼저 연락을 한다.

"달콤한 사과 5kg에 4만 원이에요, 수확 예정이니 주문 부탁드려요!"

10

영혼을 팔라고요?

인사동 쌈지길에 있는 맛집 골목으로 들어섰다. 옛 건물을 수리한 이곳은 고풍스러움이 물씬 풍긴다. 데이트를 즐기러 나온 연인을 비롯해 여가를 즐기러 온 사람들로 때아닌 문전성시를 이룬다. 김 작가는 재활용품으로 공예품을 만든다. 전시회 관람을 하고, 간단한 식사를 하며, 즐기기 위해 와인바를 찾았다. 이곳은 코로나 불황을 잊은 모습이다. 대화는 자연스럽게 자식들 사는 이야기로 이어진다.

김 작가는 이번에 서울 강동구 성내동에 있던 아파트를 팔고, 퇴촌에 있는 전원주택으로 이사한다. 결혼 준비 중인 아들의 아파트 구입 비용을 일부 지원해 주기 위해서다. 아파트값이 미친 듯이 오르니까, 어쩌면 '평생 내 집을 장만할 수 없어.'라는 아들의 불안한 마음을 알기 때문이다. 전셋집을 구하기도 힘들고, 매매와 별반 차이가 없으니, 집을 사는 게 낫다고 생각한 것이다. 물론 세금은 좀 많이 지출되어 안 좋을 수 있지만, 적어도 자주 이사하는 비용을 절감할 수 있고, 안정된 생활을 누릴 수도 있다. 부부가 맞벌이해서 갚아 나가는 게 만만치 않지만, 부동산값 오르는 속도가 너무 가팔라 무리해서 결정했단다.

김 작가에게,

"불안감은 알겠는데, 오른 가격을 고려하지 않고, 대출을 총동원하고, 심지어 가족들 돈까지 끌어모아 아파트를 사는 건 문제가 있어요. 자신도 모르는 사이에 벼락 거지가 될 수도 있거든요."

'집 장만을 위해 인생 전부를 거는 일이 옳은 것일까?'

금리가 오르면 아파트값이 폭락할 수 있다. 현실적으로 인구는 줄어드는데 현재 아파트는 너무 많이 지어졌다. 또한, 나라 정책의 변화로 솟아오르던 집값이 무너질 수도 있다. 집을 너도, 나도 구입하기 위해서 대출을 받고, 은행은 이런 사람들에게 돈을 빌려주고 있다. 경제가 회복되지 않는다면 무리하게 돈을 빌렸던 사람들은 갚을 능력이 없어져 아파트를 내놓고 파산할 수 있다. 옛말에 "달걀을

한 바구니에 담지 말라."라는 말이 있다. 어렵게 취업하고, 결혼해도 다니던 회사가 안전할지 모르는 게 현실이다. 태어날 자녀들의 양육비도 없이 모든 것을 끌어다 아파트를 사는 건, 인생을 건 도박과 다를 바 없다.

안타까운 건, 요즘 젊은이들이 아무리 저축을 해도 내 집 마련의 꿈을 실현하기 어렵다는 것. 또 최근까지 아파트 가격은 계속 상승 중이다. 영혼까지 끌어들여 아파트를 사들여 많은 돈을 벌 수 있다면, 누가 마다하겠는가. 정부가 집값을 안정시키기 위해 세금을 올리거나, 더 많은 아파트를 지어댈 수도 있지 않을까? 집값이 내려가면 이전에 구입했던 사람들은 아파트를 사기 위해 빌렸던 돈을 갚기 힘들어진다.

빚쟁이란 말이 있다. 가난한 사람에게만 붙어 다니는 별칭이 아니라, '영끌'한 젊은이들에게도 그림자처럼 따라다니는 주홍글씨가 될 수 있다. 우리 부모 세대는 빚을 진다는 것을 수치스럽게 생각하였고, 기근에 목숨을 빼앗길 정도가 아니라면 남에게 빌려 쓰기를 싫어했다. 어찌 된 세상인지, 작금의 상황은 모기지론(주택담보대출)에 비유하며 큰 빚 얻어 쓰는 것을 두려워하지 않는다. 단기간에 아파트로 부자가 될 수도 있다 해도 스스로 이루지 않은 부는 연기처럼 사라질 수 있다.

'드르륵'

집으로 FAX 들어오는 소리다. SC은행 신용대출 안내문이다.

"무보증으로 신용대출을 시행하오니, 저금리 대출의 채무통합에 많은 도움이 되시기 바랍니다."

'영혼을 팔라고, 으스스한 유혹을 하고 있다.'

제2부

고즈넉이
쌓여있는 그리움

1

백목련을 닮은 여인

현대 그룹 정주영 회장의 종로 청운동 주택은 건설 재벌이라는 명성을 무색하게 하는 소박한 콘크리트 2층 양옥집이다. 정 회장의 부인 변중석 여사가 쓰던 방은 1층 한쪽 구석에 자리 잡고 있다. 두 평도 채 안 될 것 같은 작은 방이다. 방 한쪽에는 이불 한 채가 가지런히 개어져 있고, 윗목에는 피난 때 부산까지 갖고 갔다는 낡은 재봉틀과 가족사진으로 가득 찬 사진첩이 수북이 쌓여 있다.

변중석 여사는 늘 이렇게 말했단다.

"취미라고는 재봉틀질밖에 없어요. 명절 때 며느리와 손자들 옷을 만들어 입히는 게 큰 즐거움이죠. 이, 재봉틀이 우리 집안 '가보'이고, 저 사진첩은 내 밑천이지요."

6·25 한국전쟁 시절. 나의 외할아버지도 소중히 쓰던 '싱거미싱' 재봉틀을 등 뒤에 메고 38선을 넘어왔다. 피난 중에 외할머니가 재봉틀로 삯바느질을 하여 생계를 유지했다. 삯바느질은 친정어머니에게까지 이어졌다. 해진 옷이나 터진 이불, 뭐든지 재봉틀로 도깨비방망이처럼 뚝딱 고쳐 내곤 했다. 변 여사도 자식들을 위해서라면 같은 마음이 아니었을까?

현대가 종중의 일원인 정홍채 감사는 충일한 책임감으로 크고 작은 행사를 주관하며 현대 식구들을 섬긴다. 그럼으로써 현대 가문을 이어가는 데 든든한 버팀목이 되어 주고 있다. 특히 고 정주영 회장에게 조용한 내조를 한 변중석 여사에 대한 기억은 아직도 어제의 일처럼 생생하단다. 변 여사는 옥당목 치마저고리를 입은 모습이 백목련을 닮았다고 한다. 한평생 '아옹다옹' 한번 없이, 참고 견디며, 어머니의 넓은 사랑으로 현대가 사람들을 보듬으셨다.

너무나 검소해서 생전에 자주 들렀던 용산 청과물 시장에서도 변 여사의 신분을 잘 몰랐다고 한다. 인심 좋게 보이는 어떤 아주머니가 식자재를 대량으로 사서는 용달차에 싣고 운전석 옆자리에 타고 사라지면 그분이 바로 현대 그룹 회장 부인이라는 말이 돌았단다.

가끔 정 회장이 이제 우리도 잘살게 되었으니 가난한 이웃들을 생각해야 한다고 입버릇처럼 말씀하시면 "걱정하지 마세요. 당신이 쌀 한 가마니를 가난한 이들에게 주라고 시키면, 전, 두 가마니를 주는 사람입니다!"라고 대답했다. 그랬기에 끼니 걱정을 하던 시절에도 노숙자를 그냥 돌려보내는 일이 없었다.

"창조적으로 사고하고 철저히 실천하라."

정주영 회장은 성취가 곧, 부(富)를 이루는 것이다. 재물만이 부의 척도가 아니라고 하며 물질 만능주의로 살아가는 혹자들에게 경종을 울렸다. 현재에 충실하면서 꿈에 비전을 담아 행하면 하는 일이 성공을 거둘 것이다. 남을 탓하지 말고, 자신보다는 타인을 위해 나누고 공유하는 것이 복된 일이라 했단다. 평소에도 일을 많이 하려고 "겨울은 밤이 길어 좋고, 여름은 해가 길어 좋다."라고 하면서 언제나 새벽 3시 반이면 일어나 신문을 보는 것으로 일과를 시작하였다.

변 여사는 남편이 현장에서 밤을 새울 때, 자신도 밤을 새우며, 하는 일이 잘 되어 무사히 집으로 돌아오기를 기도하였다.

"주여, 약할 때 자기를 분별할 수 있는 강한 힘과 무서울 때 자기를 잃지 않는 위대성을 가지고 정직한 패배에 부끄러워하지 않고 태연하며, 승리에 겸손하고 온유한 힘을 나에게 주시옵소서…. 폭풍 속에서 용감히 싸울 줄 알도록 가르쳐주시옵소서. 웃을 줄 아는 동시에 웃음을 잃지 않는 힘을, 미래를 바라보는 동시에 과거를 잊지 않는 힘을 주시옵소서. 이것을 다 주신 다음에 이에 대하여 유머를 알게 하여 인생을 엄숙히 살아감과 동시에 삶을 즐길 줄 알게 하시고, 자기 자신을 너무 중대히 여기지 말고 겸손한 마음을 갖게 하여 주시옵소서. 그리하여 참으로 위대하다는 것은 소박하다는 것과 참된 지혜는 개방적인 것이요. 참된 힘은 온유한 힘이라는 것을 명심토록 하여 주시옵소서."

2

언제, 또 올 거니?

꙳춘천 신북읍 지내리에 있는 양지노인마을. 할머니는 5년 전, 낯선 풍경의 이 요양원에 입소하셨다. 초복 날 할머니가 좋아하는 닭백숙을 정성껏 만들어 면회를 가는 길이다. 할머니는 올해 만 99세이시다. 6·25 한국전쟁 때 피난을 내려와 동면에 정착하셨다. 숨어지내던 할아버지는 의용군에게 붙잡혀 이북으로 끌려가셨다. 살던 초가집에 포탄이 떨어졌다. 할머니는 숨진 삼촌 셋을 가마니때기로 덮고, 새끼줄로 묶어 땅에 묻고는 가슴에 피멍이 들었다.

오른쪽 옆구리에 상처 난 아버지를 들쳐업고, 십리 길을 헤맨 끝에 미군 병원에서 치료를 받을 수 있었다. 할머니는 돌아오는 길 위에 서서 빗줄기 같은 눈물을 쏟았다고 한다. 아버지는 지금도 "네,

할머니는 참으로 독하신 분이다. 슬프면 슬픈 대로 참아내며 살아오신 분이야." 난리의 아우성 속에서 이리 밀리고, 저리 떠밀리며 고되고 힘든 삶을 사셨다. 이후 할머니는 아버지 중학 시절에 재가하여 6남매를 두었지만, 자식들은 이런저런 핑계를 대며 모시기를 거부했고, 지금은 팔순이 넘은 아버지가 요양원에 자주 들르면서 돌보고 계신다.

요양원 3층, 10여 명의 할머니가 공동거실에 앉아 도란도란 대화를 나누거나 휴식을 취하고 있었다. 무표정하지만 편안해 보이는 모습이다. 둘러보니 시설도 아늑하고 정갈해 보인다. 안내석에 2명의 직원이 앉아 있다. 면회실에서 기다리고 있으니 보고 싶던 할머니가 직원 부축을 받으며 들어오신다. 무명실처럼 희어진 머리, 주름진 얼굴에 자그마한 몸집의 할머니. 검었던 피부가 말끔히 벗겨져 새하얀 박꽃이 핀 모습이다. "할머니~, 저, 누군지 알겠어요?", "알다마다, 우리 큰 손녀지!" 환자복을 입은 할머니를 마주하니 순간 '왈칵' 눈물부터 쏟아졌다. "지내시기 힘들지 않으세요?", "괜찮아, 다들 잘해 줘. 이젠, 내 집처럼 편안해!"

요양원에 처음 입소했을 땐 적응이 힘들었고, '언제 이 생활을 벗어날 수 있을까?'라는 마음의 병까지 생겨 신경이 예민해지면서 우울증도 생겼다고 했다. 또한, 가족을 떠나 있어서 마음이 곪아가는지 만사가 귀찮고 의욕이 없어지면서 계속 잠만 주무셨다. 어떤 때는 내 인생이 너무 귀찮아서 지금, 죽어도 난 미련 없다는 생각이 들기도 하셨다. 하지만 함께 있던 할머니가 한 분씩 떠나갈 때는 마음이 불안해지면서 건강을 더 챙기게 되었단다. 이젠, 요양원 직원들이 가족같이 살펴주어 차츰차츰 적응되었다며 미소를 지으셨다.

그러면서 할머니는 말씀하셨다.
"좋은 일만 하고 살아라. 죽어도 후회 없는 삶이 되도록 살아, 남한테도 항상 잘하구!"

할머니는 최근에 갑자기 정신을 잃고 쓰러지셨고, 오랫동안 사경을 헤매셨다. 이제 자신에게도 죽음이라는 게 온다는 생각이 들었고, 그때 죽음의 고비를 가까스로 넘기셨다. 그 순간 할머니 마음속에 제일 먼저 떠오른 사람이 아버지였다. 내가 가고 나면 아들이 얼마나 슬퍼할까 생각하니 살고 싶은 마음이 생겼고, 지금은 자손들을 보는 것이 큰 기쁨이라고 말씀하셨다. 요즘 건강이 회복되고 나니 삶이 정말 새롭고, 주위 사람들이 다 소중하게 보인다고 하셨다.

그 옛날 할머니가 그랬던 것처럼, 아버지는 끓여 온 닭백숙을 할머니 입에 떠먹여 주시면서.

"어무이! 아프지 말고, 맴~ 편안히 지내세유."

"이제, 난, 살 만큼 살았어. 사는 것이 마음먹은 것처럼 안 되지만, 아프지 말고 있다 하늘이 부르면 가야지."

할머니는 밥이 보약이라며 잘 챙겨 먹고 다니라고, 팔순이 넘은 아버지 손을 꼭 잡고 신신당부를 하신다. 아버지는 모실 수 없는 현실을 자책하며 아린 눈빛으로 할머니를 쳐다보셨다. 만류해도 1층까지 내려오신 할머니를 보니 마음이 짠해진다. 돌아가는 아버지 등 뒤에 대고 말씀하신다.

"아범아~, 언제, 또 올 거니?"

3

철(鐵)의 여인

✿ "얘야! 코로나 때문에 일하기 힘들지?"

딸 걱정에 전화하는 친정어머니의 목소리로 난, 하루 일을 시작
한다. 어머니는 스물하나 앳된 나이에 아버지를 만나셨다. 결혼 후,
쓰리고 아픈 일을 겪었다. 내 위로 2살 터울의 오빠가 태어나자마
자 세상을 등졌다고 한다. 자식의 느닷없는 죽음은 어머니를 숨도
쉴 수 없게 괴롭혔다. 울컥울컥 울음이 쏟아져 나왔고, 마치 헤어
나오지 못할 동굴에 갇힌 느낌이었단다. 긴 시간 붙들고 있던 마음
을 놓아주고, 2년 후 나를 잉태하셨다. 그래서 그런지 어머니는 자
식들 보살핌이 남달랐다. 아버지 월급으로 시댁 살림까지 책임져야
했던 어머니 손에는 항상 일거리가 쥐어져 있었다. 그 시절, 어머니
는 늘 무언가를 만들고 계셨다. 그중에서도 가장 기억나는 것은 학
교를 마치고 돌아오면 간식거리를 만들어 놓고 기다리신 일이다. 봄

에는 쌀가루를 빻아 들에서 바로 뜯어온 쑥을 넣고, 쑥버무리를 쪄 주셨다. 여름이 되면 밭에 자란 수박을 숟가락으로 파내어 설탕 가루를 넣고 화채를 만들어 주셨다. 달콤한 맛이 지금도 기억 속에 배어있다.

어머니 인생에 또, 한번 큰 고비가 찾아왔다. 직장 다니시는 아버지를 대신해 농사일을 도맡아 하셨다. 그러다 보니, 무릎의 묵은 통증이 연골을 녹여낸 것이다. 관절에 파스를 붙이면서 모질게 버티었지만 닳아버린 돌담이 되어버렸다. 몸에 쇠붙이를 넣는 수술은 안 하겠다고 고집을 피우던 어머니는 기어 다닐 수는 없다는 생각이 드셨는지 수술을 받기로 하셨다. 춘천에 있는 병원에서 수술하게 되었다. 병실은 7층으로 4인실이다. 오래된 건물이라 화장실이 떨어져 있다. 휠체어에 태워 이동하는 것은 참으로 힘들었다. 체중이 앞으로 쏠려 발을 압박해 휠체어에서 떨어지기라도 한다면 후유증이 생긴다. 넘어지지 않도록 지탱해 주며 갔다 오는 일이라 긴장해야 한다. 상태가 좋지 않을까 밤새 자다, 깨다를 반복하며 한 몸처럼 움직였다.

병실에서 하루하루를 보내기란 쉽지가 않다. 어머니가 우리에게 그랬던 것처럼 책도 읽어드리고, 발 마사지도 해 드리며 보냈다. 간호하면서 많은 생각이 들었다. 바쁘다는 핑계로 내 앞길만 생각하며 살아올 때 어머니의 삶은 점점 줄어들고 있다는 것을 이제야 알았기 때문이다. 강철 같은 어머니였는데 이제 하얗게 세어버린 머리에 쭈글쭈글 주름진 몸은 예전의 모습이 아니었다. 따뜻한 손길을 주었던 어머니가 내 곁에 계시지 않을 수도 있겠구나. 지금 계신 것이 얼마나 다행스러운 일인가. 퇴원하는 날, 어머니가 물기 가득한 목소리로 말씀하신다. "우리 딸, 힘들었지? 고생했어!" 미처 말로 다 못한 심정이 고스란히 전해져오니, 글썽거리는 눈물을 보였다. "왜 울고 그래! 이제 난, 걱정하지 않아도 돼!" 어머니는 주름 잡힌 손으로 내 등을 쓰다듬어 주셨다.

퇴원 후, 친정집 다락방을 청소하다 보니, 어린 시절 어머니가 읽어 주던 동화책이 노끈에 묶여 쌓여있다. 속지가 누렇게 바랜 채, 보관되어 있다. 동화책을 읽어 주신 것은 성인이 되어서도 특별한 기억으로 남아있다. 어쩌면 단순히 책을 읽어 주는 것이 아니라 '마음 가꾸기' 훈련을 시킨 것은 아닐까? 마치 동화 속 등장인물을 실제로 만난 것처럼 실감 나게 읽어 주셨고, 노래는 가락까지 붙여가며 신명 나게 들려주셨다. 그때는 절로 귀가 쫑긋해지며 긴장감에 가슴이 뛰곤 했다. 어머니가 선택하는 동화는 흥미를 끌 만한 내용이 아니라 그 안에 교훈이 담겨있는 이야기가 많았다.

읽어 준 동화책을 다 헤아릴 순 없지만, 그중에 가장 기억에 남는 이야기는 "공든 탑이 무너지며, 심은 나무 꺾일 손가?"라는 속담이 담긴 책이다. 줄거리는 대충 이렇다. 옛날에 서당에 다니는 아이가 있었는데 오가던 길가에 돌을 주워다 정성으로 탑을 쌓았더니 큰 돌탑이 되었다. 또한, 탑 옆에 버드나무를 심었더니 큰 나무가 되었고, 아이도 어느덧 자라 청년이 되었다. 하루는 농사일을 끝내고, 집으로 돌아오는데 빈터에 전에 없었던 집이 한 채 서 있더란다. 이상한 생각이 들어 주인을 찾으니 어여쁜 색시가 나와 하룻밤 자고 가길 원했고, 청년은 홀린 듯이 저녁을 먹고 잠자리에 눕게 되었다. 등잔 밑에서 바느질을 하는 색시를 보니 혓바닥 끝이 둘로 갈라져 날름대고 있었다. 이 대목에 동생과 난 이야기를 듣다가 '우와~.' 두 손을 모으고 이야기에 빨려 들어가면서 손이 축축이 젖었었다. 청년은 순간적으로 문을 박차고 도망을 나왔다. 그랬더니 색시가 갑자기 큰 구렁이로 변해 뒤쫓아 왔다. 청년은 평소에 쌓았던 돌탑으로 올라간 다음 버드나무로 올라가 피하자, 그 구렁이는 돌탑으로 오르다가 탑이 무너지면서 깔려 죽었고, 청년은 무사했다고 한다. 집중했던 우리는 금세 안도의 숨을 내쉬며 "휴~우 참, 다행이야!"란 표정을 지었다.

　어머니가 정성을 다한 일은 헛되지 않아 반드시 좋은 결과로 이어진다고 말씀하셨던 이야기가 아직도 생생하게 기억이 난다. 그때 우리의 두 눈은 반짝반짝 빛났고, 즐거움이 넘쳤었다. "또, 들려주세요!"라고 보채면 "안돼! 내일, 일찍 학교 가야지~!" 그때 동화책 읽어 줄 날을 손꼽아 기다렸던 생각이 난다. 어머니께서 읽어 주는 동화책에는 뭔가 특별한 것이 느껴졌다. 아슬아슬한 위기를 기적적인 힘으로 모면하는 이야기랄까?

4

재춘이 아재

북한 원산보다 따뜻한 춘천이 좋겠다고
여긴 할아버지는 식솔들을 데리고 춘천 신북읍 발산리로 내려왔다.
웃음, 놀이 그리고 단잠이 가득했던 아버지의 유년 시절, 그때 만난
재춘이 아재는 아버지의 깨복쟁이 친구이다.

학교가 이십 리쯤 떨어진 곳에 있었다. 걸어서 집에 돌아오면 소
를 몰고 들로 나갔다. 풀 베는 시간보다 장난하는 시간이 더 많다.
군것질거리로 산새들의 집을 찾아다녔다. 둥지를 발견하면 알을 끄
집어냈다. 집에 가서 삶아 먹기 위해서다. 소의 고삐를 풀어 제멋대
로 풀을 먹게 놓아둔다. 옷을 벗어 던져 놓고 개울에 들어가 헤엄치
기를 몇 시간 하다 보면 따갑던 여름 해도 서서히 기운다. 소 등을
타고 개선장군처럼 "워어, 워~ 워…." 소를 몰아대며 마을로 들어왔
던 기억은 두 아이의 공동(?) 추억거리가 되었다.

재춘이 아재는 나중에 춘천에서 경찰 공무원으로 35여 년 근무를 이어오다 파출소장으로 정년퇴직을 했다. 아버지는 결혼 후 그곳을 떠나 서울에서 직장생활을 하다 말년에 고향으로 귀농하셨다. 재춘이 아재는 여전히 의리 있고 다정다감한 아버지와 끈끈한 친구로 지내신다. 아버지는 강해 보이지만 어려운 사람에 대한 한없는 배려 때문에 마음을 상하는 일도 있었다고 한다. 신의 없는 사람들 때문에 고생하는 것을 보게 될 때는 아버지 친구로서 가슴이 아팠다고 회상하신다.

붉은 기와집 정문에는 송석헌(松石軒) 현판이 붙어 있다. 정자 부근에 80년생 소나무 30그루가 심겨 있다. 재춘이 아재는 정원을 증축하고 정자를 세웠고, 나무 크는 모습에 푹 빠져 살고 있었다. 연못에는 노랑어리연꽃이 피어 있다. 주변에는 소나무, 회양목, 단풍나무, 엄나무, 주목이 심어져 신선한 공기를 뿜어낸다. 사다리를 놓고 나무에 올라가 1년에 한 번 전지를 해 준다. 그러던 중 소나무의 천적 솔잎혹파리라는 병충해를 만났다. 나무줄기를 타고 들어가 솔잎 안에 기생하며 자양분을 빼앗기 때문에 솔잎을 시들게 하고 끝내는 소나무 전부를 말려 죽인다. 재춘이 아재는 근심 어린 눈으로 소나무를 바라보며 말한다. "병든 나무를 보면 앓는 소리가 들리는 것 같아! 무슨 방비책이 없을까?", 아버지는 구제 방법으로 소나무 둘레에 구덩이를 파고, 그 속에 농약(테믹)을 넣어 자양분 속에 용해된 테믹으로 솔잎혹파리를 완전히 쫓아냈다. 누런빛을 떨치고 건강을 되찾아주는 나무 의사가 되어 주었다.

아재의 눈가와 입가엔 연륜의 무게가 만든 잔주름이 패여 있다. 안정된 미소 속에 젊음을 능가하는 총명함과 자애로움이 멋스러웠다. 76세에 취미 생활로 서예를 시작했다. 나이가 많아 어색해서 계속 공부를 해야 하나 망설였단다. 계속해야 한다는 생각에 포기하지 않고 연습을 부지런히 하였다. 출품한 결과 입상이 되어 지금은 서예가로 활동하고 있다. 서품(西品)에서는 추수 정신을 실감케 하며, 전신의 힘을 붓끝에 모아 움직이게 한다는 평을 받고 있었다. 나이 팔십을 넘기고 나니, 시간의 속도는 나이를 먹는 만큼 빠르다고 재치있게 말씀하신다. 어릴 적에는 시간이 너무나 느리게 간다는 생각이 들어서 학년이 시작되는 봄에는 빨리 여름이 오지 않는다고 발을 구르곤 했는데…. 나이가 들수록 시간이 바다의 썰물처럼 쏜살같이 지나간다고 한다.

재춘이 아재는 말했다.

"시간을 천천히 가게 하는 방법이 있는데 그것은 무엇이든 배우고 익히는 것이지."

그러다 보면 낯선 환경에 적응하느라 세월이 천천히 흘러가는 것처럼 느껴지나 보다. 그래야만 인생의 참맛도 느낄 수 있으니까. 몸은 늙어가더라도 시간을 허투루 보내지 않으면서 젊게 살아가는 방법이지 싶다. 서실에는 공부하던 책자, 각종 체본 그리고 상패와 정년 퇴임할 때 수상한 훈장이 벽에 빽빽이 걸려 있었다. 서예를 시작할 때부터 현재까지 연습지를 한 장도 버리지 않고 보관하고, 각종 체본도 전부 비치해 놓았다. 붓을 다룬다거나 서예 도구를 관리하고 정리정돈 할 때도 손이나 옷에 먹물을 묻히거나 흘리지 않도록 하다 보니 세심한 주의력도 길러진단다. 먹의 아릿한 내음이 서실 가득히 베어 있다.

"붓글씨를 쓰다 보면 고심했던 속앓이가 고스란히 표현될 때가 있어. 그럴 땐 위안의 글로 가슴을 씻어 낸 것처럼 시원함을 느끼지!"

5

할아버지! 보고 싶어요

'박재익' 할아버지를 찾습니다. 6·25 한국전쟁 때 이북으로 끌려가신 보고 싶은 할아버지입니다. 그 시절, 번뜩이는 태양 빛 속에 얼비치는 할아버지 얼굴을 그려 봅니다. 세상이 바뀌어 할아버지가 인민군에게 묶여 끌려가던 날. 할머니와 아버지는 차마 돌아설 수 없어 말 한마디 못하고, 먼발치에서 쳐다보기만 할 뿐…. 눈가가 붉어지면서 할머니와 아버지는 울고, 또 울었답니다. 아버지는 지금도 그날 할아버지가 따뜻한 음성으로 "너무, 걱정하지 말그라. 내는 꼬옥, 살아올끼다!" 눈물이 그렁한 서글픈 얼굴을 아직도 잊을 수 없답니다. 그렇게 가시고 영영 소식이 없는 할아버지가 살아 계시긴 한 건지, 아니면, 하얀 유골이 되어 어느 이름 모를 산에 흩어져 계신 건 아닌지요. 할아버지가 유일하게 남겨 주신 암소 한 마리를 아버지는 소중한 자산으로 만들었지요.

맨몸으로 당당히 고달픔과 허기짐에 맞서, 할머니와 밭을 사서 일구어 삶의 터전을 만들었고, 오늘날까지 살아낼 수 있었습니다.

 할머니가 그때 충격으로 몸에 힘이 풀리셔 하염없이 우두커니 앉아 계시거나, 일하시다가도 눈물을 떨구는 모습을 보는 것이 아버지는 가장 힘들었다고 합니다. 어린 마음에도 할머니가 잘못되시지는 않을까 걱정이 많았다고 말씀하셨지요. 아버지는 숱한 한으로 얼룩진 초가집과 돌밭에 터를 잡고 사셨고 수십 년 할아버지를 기다리셨습니다. 결이 고운 어머니와 결혼하여 이 집에서 저를 태어나게 해 주셨지요. 아무리 어머니가 잘해 주셔도 그때 할아버지가 떠나시던 날 눈물이 얼굴을 덮고, 땀에 젖은 무명옷의 할아버지 뒷모습에 시간이 멈춰버렸어요. 그래서인지 아버지 얼굴에는 늘 외로움이 짙게 깔려 있었지요. 할머니의 재가로 무뚝뚝한 새 할아버지 밑에서 부모 없는 아이처럼 외톨박이로 청소년 시절을 보내며, 이겨낼 수 있는 길은 무언가에 집중해 일하는 그것밖엔 없었다고 합니다. 할아버지가 북에서 끌고 왔던 소는 종자가 되어 아버지는 재기에 성공하셨어요.

 아버지는 아침이면 기도를 합니다. "내가 만나야 할 사람을 얼마

남지 않은 시간이 다하여 못 만나게 되는 일이 없도록 도와주세요" 라고요. 아버지는 추석 명절이 다가오니 할아버지를 향한 가슴앓이가 또 시작됐나 봅니다. 가을 추수를 하던 아버지의 '쿨럭쿨럭!' 잦은 기침 소리가 들리는 걸 보니 오늘 밤 또 뒤척이시겠네요. 아버지는 빛바랜 흑백사진을 종이에 곱게 싸 보관하셨습니다. 할아버지는 육척장신에 표정은 좀 굳어 보이지만 호남형 모습이네요. 이마에 주름만 살짝 얹으면 지금 아버지 모습입니다. 할아버지의 바지저고리 입은 모습을 양복으로 재현시켜 가까이 놓고 대화를 나누고 계십니다. 명절에는 그 사진 앞에 밥 한 사발 수북이 퍼 놓고 절을 합니다. 차례 후 아버지는 저희에게 말씀하십니다. 할아버지는 참 다정다감한 분이었다고요. 손재주가 좋으셔서 팽이를 깎아 놀잇거리를 만들어 주기도 하셨고, 겨울에는 썰매를 직접 만들어 태워주셨다고요. 그때가 가장 할아버지와 행복했던 시간이었답니다. 겨울밤이면 할아버지는 사랑방에 앉아 새끼줄을 꼬아 농사 준비를 하셨고, 지게를 직접 만들 정도로 손재주가 좋으셨다고 회상하십니다. 그래서 그런지 아버지도 나무를 조각하여 집안을 장식하거나, 창고를 손수 지어내곤 하셨는데 아마, 할아버지 손재주를 쏙~ **빼닮았**나 봅니다.

아버지도 아주 가끔은 예전 꿈을 꾸신다고 합니다. 할아버지와 장터에 갔던 일, 동네 놀이패들의 신명 난 가락도 큰 구경거리였고, 엿장수 가위 소리가 '쩔렁쩔렁!' 나면 할아버지가 고철을 챙겨주었던 일들. 그때는 아버지가 웃고 지내던 날들이었습니다. 아버지는 어릴 적 추억을 버팀목 삼아 할아버지의 빈자리를 채웠나 봅니다.

이제, 아버지는 일생을 돌아보면 후회 없는 삶은 없다지만, 미래는 늘 안개 속과 같이 힘드셨답니다. 기뻐서 웃던 날도 있었고, 가슴 치며 울던 날도 있었지만 잘 견디어 내셨지요. 그 속을 걸어온 아버지가 대견스러우며 살아있는 오늘이 감사하다고 합니다. 아직도 가슴 한 갈피에 '박재익' 할아버지를 새겨 넣고 계십니다. 살아계시면 할머니와 동갑이시니까 만 99세이시네요. 할아버지를 뵐 수 있는 날이 온다면, 쌀밥에 좋아하시던 뭇국을 대접해 맛있게 드시는 모습을 보고 싶습니다. 그리고, 따뜻한 옷 한 벌 지어드리고 싶은 것이 이 손녀의 바람입니다. 어린 시절 아버지는 저희에게 누런 갱지를 잘라 학이나, 배를 접어주시곤 하셨지요. 이 편지를 종이배로 곱게 접어 할아버지 계신 곳, 그 어딘지 모를 북쪽 흘러가는 물길에 띄워 보냅니다.

6

백색 연기

온 세상을 두텁게 얼린 새벽, 속이 메스꺼우며, 몸을 가눌 수가 없다. 소란스러운 음성이 들리고, 아버지가 백열전구에 불을 켠다. 10살이었던 동생은 창백한 얼굴을 하고 미동조차 없다. 주의를 기울이지 않으면 언제 당할지 모르는 연탄가스에 중독된 것이다. 아버지는 가릴 겨를도 없이 동생을 안고, 마당으로 뛰어나가 찬 바닥에 뉘었다. 어머니는 반쯤 정신이 나간 사람처럼 허둥지둥 동치미 국물을 퍼 오셨다. "얘야, 제발 깨어나거라!" 입을 벌리고 간절한 손길로 동치미 국물을 한 숟가락, 두 숟가락 떠먹였다. 나는 갑작스러운 사태에 놀라 두통도 잊은 채, 막대기처럼 누워있는 동생의 팔과 다리를 정신없이 주물렀다. 정신이 나는지 실낱같은 숨소리가 들려오며 아련한 눈빛으로 쳐다본다. 어머니는 통퉁 부어오른 눈을 훔치며, 안도의 한숨을 내쉬었다.

당시, 동생은 누군가 가슴을 누르는 그것처럼 숨을 쉴 수 없었고, 아무리 외쳐도 목소리가 나오지 않았단다. 깨어날 땐 머리가 깨질 듯이 아프면서 몸을 움직일 수 없었다고 했다. 부모님은 자식이 죽을 수 있다는 생각에 절망적인 기분이 들었고, 숨이 없는 것을 발견하고는 왜! 미리 연탄 아궁이를 점검하지 않았을까 자책이 들면서 당신들이 나쁜 부모라는 생각이 들었다고 한다. 만약, 동생이 잘못되었다면 부모님은 죄책감에 삶이 무의미해졌을지도 모른다. 어쩌면 동생도 이 기억으로 여린 마음이 다쳐 비난의 돌덩이를 얹는 것처럼 부모님에 대한 원망이 생겼을지도 모른다. 하지만, 아무 일도 없었다는 듯, 친구들과 잘 어울려 지내면서 서서히 그 일을 잊어갔다. 아이가 우울한 기분이 들지 않을까 항상 부모님은 동생에게 작은 일이라도 잘했을 때는 칭찬을 하며 스스로 좋은 감정을 가질 수 있게 해 주었고, 걱정거리가 있다면 털어놓는 것이 중요하다면서 지친 마음의 소리를 들어주었다.

그 시절에는 난방 수단으로 연탄을 피우는 가정이 대다수를 차지하고 있어서, 가스에 중독되는 사고가 빈번하게 일어났다. 어머니가 주의한다고 취침 전에 창문을 조금 열어 놓았지만, 갈라진 방바닥 틈새로 새어들어 온 것이다. 그때는 연탄 구멍이 19개라 십구공탄이라 불렀다. 처음 불을 붙이려면 눈물, 콧물을 다 짜내야 한다. 불을 붙이고 나서도 꺼지지 않게 밑에 있는 연탄과 위에 있는 연탄의 구멍을 정확히 맞추어서 넣고 계속 살려 나가야 한다. 위에 있는 연탄이 백색 연탄이 되어 빨간 불구멍으로 있을 때 부서지지 않게 잘 떼어내면서 갈아야 한다. 연탄이 찰떡처럼 붙어 떨어지지 않을 때도 종종 있다. 붙은 연탄을 마당에 꺼내 놓고 연탄집게로 떼어내려 애쓰던 그때 어머니 얼굴은 십구공탄 붉은 구멍 속에 비집고 들어가 있었지.

친정집은 연탄과 기름보일러 겸용 난방으로 겨울을 나고 있다. 보일러를 틀면 '윙~' 소리가 탱크 지나가는 소리처럼 시끄럽다. 연탄보일러는 주택의 다용도실을 지나 밖에 설치되어 있다. 연탄불을 가는 것은 아버지 몫이었다. 살이 터질 듯한 새벽에 파자마를 입고 연탄불을 갈러 나가실 때는 안쓰러운 마음이 들곤 했다. 아파트 이사를 권유해 보았지만, 어머니는 정든 이 집을 떠나는 것도 섭섭하지만, 갑갑해서 아파트는 못 산다고 하시며, "자고로 사람은 땅을 밟고, 흙냄새를 맡고 살아야 해!"라고 말씀하신다.

친정집에 들어서자마자 연탄가스 때문에 눈, 코가 맵다. "아버지! 어디가 깨져서 연탄가스가 나오는 거 아닌가요? 이거, 정말 위험해 보여요!" 아버지는 "방금 연탄을 갈아서 그래, 항상 잘 때 창문을 조금 열어 놓고 있어. 가을에 연탄을 사서 저장해 뒀던 거라 걱정하지 않아도 된단다!", "피곤하시면 코를 골며 주무시는데 가스라도 들이키면 어쩌려고 그러세요?", "그렇다고 멀쩡한 연탄보일러를 떼어 낼 수도 없잖니? 집 안이 24시간 훈훈해서 난, 연탄보일러가 좋아! 연통 끝까지 틈새가 있는지 세심히 확인하고, 보일러 환풍기도 설치해 점검하고 있단다.", "그럼, 연탄가스가 누출되면 미리 알 수 있는 일산화탄소 경보기가 있다던데 그걸 설치해 놓을까요?" 아버지는 "고맙구나! 천원도 안 되는 연탄 한 장 가격으로 한나절 이렇게 훈훈하게 보내니 이게, 호사지!"라고 말하셨다.

'요즘, 코로나가 목숨을 위협한다는데 예전엔 십구공단이 사람들 목숨을 많이도 앗아갔지….'

7

'복희'

〰️

✧ 서울에 있는 몽촌 마을로 이사를 왔다.

야산을 끼고 한눈에 보아도 사이좋은 모양으로 옹기종기 집들이 형

성되어 있다. 우리 집은 밭이 딸린 기와집이었다. 뒤에는 오백 년 묵

은 은행나무가 서 있다. 봄이나 여름에는 초록빛이 묻어날 만큼 짙

어 있고, 가을 단풍은 포근히 마을을 감싸주고 있다. 학교로 가는

길, 담 모퉁이에 오도카니 앉아 있는 여자아이를 보았다. 하체가 상

체와 비교하면 왜소해 보인다. 특이하게 손에 신발을 끼고 있다. 무

엇보다 나를 쳐다보는 눈이 몹시 낯설어하며 굳은 표정이다. 난 시

선을 외면한 채 아이 앞을 지나 도망치듯 뛰어갔다.

어머니에게 아침에 본 아이에 대해 알아보았다. 복희라는 아이인

데 나와 나이가 같다며 사이좋게 지내라고 말씀하셨다. 중증의 신

체적 장애를 지니고 있고, 할머니와 살고 있다고 한다. 18개월 되었을 때인가? 몸에 열이 불덩이처럼 뜨거웠고, 복희 어머니는 아이를 둘러업고 병원에 갔다고 한다. 이후 몸은 점점 상태가 안 좋아졌고, 의사 선생님께서는 고칠 수 없다고 진단을 내렸다. 막노동으로 땟거리를 이어가던 복희 아버지는 딸의 충격적인 모습에 매일 술만 마셨다고 한다. 불만을 토로하며, 복희 어머니를 힘들게 하다 결국 집을 나갔다. 복희 어머니는 식당에 다니며 입원비를 마련해야 했다. 복희를 돌봐줄 사람은 없었다. 외할머니댁에 맡겼고, 돈 많이 벌어 찾아오겠다는 말을 남기고 떠난 후 소식이 끊겼다.

복희는 어렸을 때부터 기어 다니면서 생활했다. 흙과 땀으로 온몸이 엉망이 되었다. 돌부리에 걸려 넘어져 여기저기 상처가 나기도 하였다. 지능은 정상이었고, 상체도 정상이었다. 무릎 관절에 힘이 없어져 자주 넘어지고 걷기가 힘들어졌다. 생활이 어렵다 보니 마을 이장님이 면사무소에서 타다 주는 쌀과 조금이 돈으로 살림을 꾸려 가고 있었다. 김치는 마을 아주머니들이 돌아가며 담가 주었다. 복희 어머니가 집을 나가 돌아오지 않지만, 그나마 할머니라도 계셔서 다행이다. 하지만 연세가 많으셔서 언제 돌아가실지 모르는 할머니기에 늘 힘들게만 해 드리는 것 같아 복희는 마음이 아프단다.

복희네 집에 놀러 갈 때는 만화로 그려진 한국의 역사책을 들고 가서 읽어 주었다. 아버지는 종로 근처 은행에 다니셨는데, 헌책방에서 우리가 볼만한 책을 구해 오셨다. 나는 아버지께 다른 아이들처럼 신간 동화책을 보고 싶은데 왜 냄새나는 헌책을 사 오느냐고 여쭤보면 "새 책 살 돈으로 발품만 잘 팔면, 많은 책을 마음껏 볼 수가 있단다."라고 하시며, 아버지에겐 헌책방이 보물창고라고 말씀하셨다. 복희와 마루에 엎드려 재미있게 보았던 동화책은 기억 속 어딘가에 항상 자리 잡고 있다.

약간 갈색빛이 도는 반곱슬머리, 석류알같이 발그레했던 볼, 활짝 웃으면 가지런한 이가 돋보이는 아이, 언제부터인가 나는 복희와 꼭 붙어 있는 단짝 친구가 되어가고 있었다. 숲 들여다보기를 즐기는 복희를 위해 은행나무 그루터기에 걸터앉혔다. 어머니가 밀가루 반죽한 것에 팥을 넣고 솥에 쪄낸 찐빵을 가지고 와 외로운 마음을 녹여주었다. 주위에선 한바탕 아이들이 술래잡기한다고 숲의 고요함을 깨트린다. 복희가 평생 장애를 안고 살아갈 생각을 하면 아려오는 슬픔이 가슴에 머문다. 하지만 복희는 아랑곳하지 않고 노란 은행나무 잎을 이불 삼아 대자로 눕기도 하고, 뒹굴기도 하며 말한다.

"예전엔 나 혼자라 쓸쓸했어. 지금은, 네가 있어 덜 외로워!"

쭈그리고 앉아 조그만 돌멩이를 주워 손이 까매지도록 공기놀이도 주거니 받거니 하며 즐거웠는데…. 길가에 무엇이 있는지 손에 낀 신발로 천천히 다 확인하고 치우며 걷는다. 복희는 나뭇잎 하나하나에도 손길을 주며 새롭게 느끼고, 땅도 느끼고 싶을 땐 온몸으로 누워 뒹굴며 그 속에서 밝게 보이려고 애썼는지 모른다.

은행잎이 떨어질 즈음에 청천벽력 같은 일이 벌어졌다. 아파트 개발 열풍으로 몽촌 마을에서 떠나야 하는 사태가 벌어진 것이다. 도시로 나올 때, 복희는 모두 자신의 곁을 떠나고 혼자 남는다고 생각했다. "잘 가, 친구야!"라며 나의 뒷모습을 보며 소리쳤다. "안녕…, 나의 친구 김복희!" 그땐 부둥켜안고 얼마나 울었는지 모른다.

'지금의 몽촌 마을은 올림픽 공원 북쪽 구간의 몽촌토성 산책로로 변해 있다.'

8

화천 가는 길

길가에 안개가 자욱이 내려앉고 있다. 하나, 둘, 길을 걷는 사람들은 마치 다리 없이 몸뚱이에 팔만 흔들고 다니는 것 같다. 마음속 깊이 새겨져 잊을 수 없는 친구 진희가 안개 속에 흐릿하게나마 보이는 듯했다.

초등학교 시절. 헌인릉에 소풍 가는 날. 소나무가 듬성듬성 들어선 비탈 아래로 억새가 꼿꼿했다. 그 아래로는 잔디가 금빛으로 치장하고 융단처럼 깔려있었다. 그날 처음으로 진희와 말문을 텄다. 키가 작고, 청초한 그 아이는 밝은 표정을 짓고 있어서 나의 관심을 끌었다.

그 후 진희는 하루도 빠지지 않고 우리 집에 찾아와 자신의 고민

거리나 생활에 관해 이야기하곤 했다. 그렇게 해서 나는 그 아이의 가족 관계를 상세히 알게 되었다. 진희의 아버지는 철물점과 설비를 겸하고 있었다. 진희 아버지는 학생들이 무심코 지나가는 교정의 한쪽에서 남루한 작업복을 입고 페인트칠을 하거나 막힌 하수구를 뚫거나 하면서 학교 일을 돕곤 하였다. 그뿐 아니라 방수 작업, 미장, 타일을 새로 붙이고 심지어 잔디밭에 떼를 입히는 일까지 그의 부지런한 손길은 필요한 곳에 나타나 능숙하게 일 처리를 하였다. 진희는 아버지가 묵묵히 페인트 통을 들고 걷는 모습까지 자랑스러워했다.

3살 아래 여동생 미희는 선천성 청각 장애를 앓고 있었다. 진희 어머니는 어느 날, 몸이 나른하면서 기운이 없어 감기몸살인가 생각했단다. 약국에서 감기약을 지어다 먹었다. 나중에 알고 보니 그것은 몸살 기운이 아니라 입덧 초기 증세였다. 그런 과정을 거쳐 자연분만으로 아이를 낳으려고 했으나, 장시간 진통 끝의 순산은 어려웠다. 결국, 수술을 통해 아이를 낳았다. 그 과정에 간호사가 아기의 열이 떨어지는 주사를 놓았다는 말을 듣긴 했지만, 곧 회복되어 별일 아니겠거니 생각했단다.

진희 어머니가 아이에게서 이상스러운 징후를 발견한 건 2살 무렵이었다. 손뼉을 치며 아무리 이름을 불러도 반응을 보이지 않았다. 가족들은 무언가 잘못되었다는 불길한 생각이 들었다. 병원을 찾았고, 의사 선생님은 발육이 더딜 수 있으니 조금만 기다려 보라는 말뿐 진희 어머니의 의문을 풀어주진 못했다. 큰 병원 이비인후과를 찾았다. 거기서 청천벽력 같은 소리를 들었다. "8살이 되거든 농아학교를 보내세요!" 임신을 모르고 먹은 감기약 때문인지 아니면 난산 때 아이의 신경을 건드려 잘못된 것인지 어디서, 무엇 때문에, 내 아이에게 이런 엄청난 고통이 따라야 하는가? 진희 어머니는 죄책감에서 벗어날 수 없었다. 결국, 마음의 병으로 시름시름 앓더니 거동이 힘들어지면서 누워 지내신다.

진희네 가정이 기울게 된 것은 동생 미희의 치료비 때문이었다. 좋다는 온갖 것을 다 해보고 좋은 의사를 찾아다니느라 가진 재산을 모두 잃어야 했다. 초등학교 졸업식 날 진희 아버지는 미희 치료를 위해 병원을 가야 했기 때문에 참석할 수 없었다. 그날 진희의 모습을 잊을 수가 없었다. 우리 가족과 어울려 사진도 찍고 식사도 같이하였다. 진희는 나에게 다가와 고맙다고 인사를 건네며 "난, 중학교에 갈 수 없을 것 같아!"라고 말하는데, 어느새 눈에는 눈물이 흘러내리고 있었다.

자신의 아버지가 하는 가게 일을 도와야 했다. 여동생 치료비로 가게가 말이 아니었기 때문이다. 나는 진희에게 "지금 포기하면, 앞으로 학교 가기가 더, 힘들어져! 우리 부모님께 얘기해서 어떻게든 해볼게."라고 밑도 끝도 없이 말했다. 진희는 머리가 좋아서 학업을 계속한다면 좋은 대학에 갈 수 있을 텐데. 이런 사정을 부모님께 말씀드렸다. 진희는 작은 도움으로 공부를 계속할 수 있었다.

진희의 꿈은 의사가 되어 동생도 고쳐주고, 많은 병자를 고쳐주고 싶은 거였다. 진희는 각고의 노력 끝에 K 대학교 의대에 입학했고, 같은 대학에서 알게 된 의학도와 결혼도 하였다. 이후 강원도 어느 낙후된 지역에 있는 보건소에서 근무하였다. 그러나 행복은 잠시뿐이었다. 유난히 여름 폭우가 온 천지를 삼킬 듯 쏟아져 내리던 날, 산에서 쓸려 내려온 흙더미가 보건소 지붕을 덮치고 말았다.

그때 진희는 진료실에서 환자를 돌보고 있었다. 연락을 받고 보건소에 도착했을 땐 아비규환이 따로 없었다. 무너져 내린 건물 밑에 깔려 진희가 그만…. 그렇게 진희는 세상을 떠났다. 참으로 많은 시간이 흘렀다. 매정하게 잊고 지냈다. 화천 가는 길에 친구가 잠든 그곳을 찾아가고 있다. 진희가 좋아했던 안개꽃을 들고서….

9

어머니 가슴에 조국을 묻다

}

✨드라이브를 즐기며 남산타워나 팔각정을 다녀온 기억은 있으나, 남산 도서관 뒤에 있는 안중근 의사 기념관은 처음 둘러본다. 기념관 주변에는 대그룹 회장들이 헌납한 자연석에 안중근 의사의 친필 글귀를 새긴 기념비들이 우뚝 서서 기념관을 바라보고 있다.

글을 쓰고 있어서인지 '번쩍' 눈에 들어오는 글귀가 보인다. 재일 동포 김용출 님이 헌납한 반들반들 윤기 나는 기념비이다. 일일부독서(一日不讀書), 구중생형극(口中生刑棘) 하루라도 글을 읽지 않으면 입안에 가시가 돋친다는 말이다. 독서 권장을 표현한 글귀에 '나도 매일 글을 쓰지 않으면 손에 가시가 박히진 않을까(?) 인용해 보니 교훈이 되네!' 안 의사님의 서체를 유심히 들여다보니, 마음이 바르면 글씨도 바르다고 곧은 성품이 엿보인다. 매일 책을 보며 국가의 안위를 걱정하며 이 궁리, 저 궁리 애태우며 밤을 지새우는 안 의사님 모습이 기념비 안에 겹쳐 보인다.

실내 전시실은 안중근 의사의 유년 시절부터 당시 시대 상황에 대한 전시물로 이루어졌다. 특히 역사의 슬픔이 맺혀 있는 뤼순 감옥에 투옥 생활 중 친필 작품을 남겼는데 현재 밝혀진 것만도 57점이 확인되었다. 하얼빈 의거 전후에 쓴 몇 가지 진귀한 필적도 전시되어 있었다. 각별한 것은 참배 홀에 전시된 혈서로 된 태극기이다. 1909년 초, 피폐한 볼모지 엔치아 카리 마을에서 붉은 혈기로 뭉친 동지 12인이 태극기를 펼쳐 놓고, 각자 왼손 무명지 첫 관절을 잘라 흐르는 피를 모아 '대한독립(大韓獨立)'이라 쓴 안 의사의 필적이다. 보물로 지정된 유묵에는 조국을 지키기 위한 굳은 결의에 찬 마음을 표현하여 휘호 낙관 부분에는 경술 3월, 혹은 2월, 뤼순옥중, 대한국인 안중근이라 서명하고 반드시 단지동맹 시, 무명지를 자른 왼쪽 손바닥이 찍혀 있다. 아픔을 고통이라 말할 수 없는 시대에 광복의 선구자가 되어 나라를 지키겠다는 굳은 혈맹은 내게 목이 타들어 가는 갈증을 느끼게 하며, 그 시대, 독립의 외침 소리가 귓전에 들리는 듯 숙연해진다.

집 안 거실에 필사된 '백세청풍(白世淸風)' 백 세에 거쳐 부는 맑은 바람이란 유묵 작품이 걸려 있다. 어릴 적, 활쏘기와 사냥을 좋아했던 안 의사가 진정한 영웅을 꿈꿨던 옛 기억을 그리워하며 정의로운 세상이 실현되길 바라는 염원이 담겨 보인다.

안 의사는 뤼순 감옥에서 조금도 죽음을 두려워하지 않는 결연한 마음으로 암울해가는 세태를 걱정해 가며, 옥중 심경이나 애국 열정을 담은 글귀를 화선지에 쓰며 고통스러운 감옥 생활을 이겨내었다. 먹의 맑은 향기로 흩어졌던 조국의 안위를 걱정하는 마음을 가다듬어 글을 썼을 것이며, 글귀는 정신의 안식처가 되었을 것이다.

안 의사는 32세의 젊은 나이에 사형을 받게 되었다. 어머니인 조마리아 여사는 심장 떨리는 사형 선고를 듣고, 아들에게 이런 말을 전했다고 한다.

"옳은 일을 하고 받은 형이니 비겁하게 삶을 구하지 말고 대의에 죽는 것이 어미에 대한 효도이다."

그 어머니에 그 아들이다. 세포가 절여지는 슬픔을 감추고, 먼저 삶을 마감하는 아들 마음을 편하게 해 주고 싶었을 것이다. 사형 집행 전날, 조마리아 여사는 수의로 흰색 명주 한복을 지어 보냈다.

어쩌면 훗날, 천국으로 훨훨 날아오른 아들을 만나길 염원하며, 눈물의 기도를 드렸을 것이다.

안 의사는 국내외 동포들에게 소중한 생명을 잔인한 형벌로 마감해야 하는 이유가 또렷이 기록된 한(恨) 섞인 유언의 글을 남겼다.

"내가 한국 독립을 회복하고 동양평화를 유지하기 위하여 삼 년 동안을 해외에서 풍찬노숙하다가 마침내 그 목적에 도달치 못하고 이곳에서 죽노니, 우리 이천만 형제자매는 각각 스스로 분발하여 학문에 힘쓰고 실업을 진흥하여 나의 끼친 뜻을 이어 자주독립을 회복하면 죽는 자 유한(遺恨)이 없겠노라."

자신을 하얼빈 공원 옆에 묻어 두었다가 해방이 되면 고국으로 보내 달라고 하였으나, 묘지가 독립운동의 성지가 될 것을 우려한 일본 경시청이 비밀리에 어딘가에 암매장하였다니….

슬픔을 담은 역사의 진실이다. 아직 조국으로 돌아오지 못하고 있는 안중근 의사 서거 어느새 112년이 되었다. 거친 세상에서 독립을 외치다 까맣게 사라진 목소리는 태산처럼 당당하고, 그 기상은 하늘을 뚫을 듯한 의인(義人)의 역사가 되었다.

아직도 천국을 맴돌며, 그가 이루지 못한 동양평화의 정착을 빌며, 대한민국의 안녕과 평안을 간절히 바라고 있진 않을까?

어디선가, 안중근 의사의 음성이 뇌리를 타고 흐른다.

"조국과 민족을 위해 다짐했던 마음인데 어찌 멈추랴!"

10

밤새 '안녕'

✨충남 논산시 벌곡면 검천리, 주말농장으로 지어진 주택은 부부의 흔적이 잔뜩 묻어 있다. 사람이 살지 않아서인지 체취가 없어 보이고, 마른 덤불이 수북하게 덮여있다. 주택 한 귀퉁이에 짓다 만 정자에는 통나무들이 무심히 쌓여있다. 관리가 되지 않은 텃밭에는 잡초만 무성하다. 땅 형상을 이곳, 저곳 살펴보며 10여 분 기다리니, 토지주 권 선생이 도착했다. 주말임에도 현장까지 와준 것에 미소를 지으며 기뻐한다.

공기업 임원이었던 그녀의 남편은 은퇴 후 전원주택을 짓고 주말농장으로 쓰고 있었다. 유일한 낙으로 농장에 유실수를 심고, 갖가지 농작물을 가꾸어 자식과 친구들에게 나누어 주며 넉넉한 삶을 살았다고 한다. 아들이 인근에 살고 있지만, 가끔 들를 뿐, 농장 관리는 그녀의 남편이 도맡아 했다. 권 선생은 나이도 있고 하니, 문화생활을 즐길 수 있는 곳을 선호했다. 하지만, 그녀의 남편은 농장을 가꾸고, 꾸미는 것을 좋아했고, 자랑스러워했다. 김장철이면 자식처럼 정성스럽게 가꾼 무, 배추를 이웃에 나누어 주는 정이 깊은 분이었다. 중학교 교장이었던 권 선생은 주말에나 농장을 방문했고, 농촌 일엔 취미가 없었다. 음악이나 듣고, 차를 마시며 사색을 즐겼다고 한다.

 1년 전, 권 선생은 퇴직을 앞두고 외지에서 3박 4일 일정으로 퇴직자 교육을 받고 있었다. 그녀의 남편은 가을 추수로 종일 바쁘게 보내며 지내던 중, 과로에 의한 심장마비로 홀연히 세상을 떠나버렸다. 준비 없이 당했던 일이라 남편의 죽음은 큰 충격으로 다가왔다. 머리에 돌덩이를 얹은 듯…. 힘들었고, 그 어떤 위로의 말도 들리지 않았다. 충격에 멍한 상태로 남편의 빈자리로 모든 생활이 바뀌었고 엉망이 되었다. 있을 수 없는 일이 일어난 것이다. 그저 악몽이었으면 좋겠다고 생각했다. 진정, 이 죽음을 막을 수는 없었던 것일까? 그냥 숨이 막힐 듯 슬펐고, 죽음의 자리였던 농장에 오면 남편 생각에 잠기어 발길을 끊다시피 지냈다.

그때부터 농사일을 전혀 모르던 권 선생에겐 농장도 큰 애물단지가 되었다. 하필이면 내가 왜 이런 일을 겪어야 하나. 남편에 대한 원망과 아쉬움이 몰려왔고, 내가 잘못해 줘서 남편이 영원히 떠나게 된 것 같아 자책도 많이 들었단다. 언제쯤 이 생활을 벗어날 수 있을까, 마음의 병으로 우울증까지 생겼다. 이제 혼자서 농장을 어떻게 꾸려가야 하나? 짐스러워 근심만 쌓여간다며 눈물을 글썽거린다. 이제 실낱같은 희망은 남편이 남기고 간 농장과 주택부지를 적절한 가격에 팔아서 정리하고 싶어 했다.

농장 주변을 살펴보니, 농장 앞 큰 도로를 따라 꽤, 큰 하천이 흐르고 있었고, 토지 위쪽으로 낮은 산이 둘러쳐져 있었다. 더욱이 대도시 인근이라 개발 가치가 높아 보였다. 대전시 서구 신도시에서 20분 거리로 상당히 좋은 위치였다. 용도지역이 계획관리지역으로 개발에도 전혀 문제가 없었다. 타운하우스 부지로 100평씩 분할해 허가만 받아 놓아도 원하는 가격의 몇 배는 받을 수 있는 값어치가 있는 토지라고 말씀드렸다.

권 선생은 말씀하셨다.

"농작물 가꾸는 재주가 없어서, 정말이지 이, 땅이 없으면 좋겠다는 생각도 했거든요. 그런데, 이렇게 값진 땅을 남겨주고 가시다니…"

집으로 돌아오는 차 안에서 나는 남편의 옆 모습을 보며 말했다.

"권 선생 남편은 가족에게 큰 선물을 주고 가셨어요."

"밤새 '안녕'이란 말이 있잖아요. 우리 부부도 건강을 잘 관리해야겠어요!"

제3부

즐거운 생각에서
다시 힘을 얻고

1

세 발 강아지, 천심이

옛날 모습 그대로인 덕천마을, 자동차가 덜컹 소리를 내며 지나가자 뽀얀 흙먼지가 자욱하다. 통나무로 지어진 2층 건물에서 창밖을 내다보고 있다. 마을에는 노인은 많지만, 젊은이들은 보이지 않는다. 몸에 지저분한 오물이 잔뜩 묻어 있는 자그마한 강아지가 세 발로 절뚝이며 걷고 있다. 곧 쓰러질 것 같이 아슬아슬해 보인다. 쑥 꺼진 볼에 툭 튀어나온 눈, 말라붙은 입은 반쯤 벌어져 있다. 원주민 식당 아주머니는 마을을 떠돌며 사는 들개들의 먹이를 아낌없이 챙겨주고 있다. 절뚝거리며 걷던 강아지도 식당 앞에 엎드려 밥때를 기다리고 있다.

"아주머니! 쟤는 왼쪽 다리가 왜, 저런 거예요?"

뒷다리가 하나밖에 없는 강아지가 태어난 곳은 화성에 있는 어느

마을이란다. 태어나기 전, 이 마을에 화학 약품을 다루는 산업 폐기물 처리 공장이 들어섰다. 주민들과 가축들은 피부병, 호흡기 질환으로 온갖 고생을 다 하고 있었다. 화학 폐기물 잔여물이 하천에까지 스며들어 물고기가 떼죽음을 당했다.

유리 조각과 구겨진 철 조각, 깨진 벽돌 사이로 화학 액체가 흘러들어 악취로 변하였다. 세 발 강아지는 산업 폐기물 매립장 부근에서 놀던 어미 개에 의해서 태어났다. 뒷다리가 하나밖에 없던 강아지는 몸에 붙은 벼룩이나 진드기를 긁어대며 하루하루를 보냈었다.

마을 주민들에게 "저리 가! 썩 꺼져!"라는 소리로 따돌림을 당하다가 이 덕천마을로 들어왔다. 퇴근 때 보니 세 발 강아지 모습은 사뭇 바뀌어 있었다. 식당 아주머니가 보듬어 안고 예뻐하며 밥을 먹여주었단다. 얌전하게 앉아서 순한 눈빛을 하고 있다. 관심과 배려가 마음 아픈 강아지를 생기 있게 만들었다.

그날은 가을비가 온종일 추적추적 내리고 있었다. 식당 앞을 지나는데 세 발 강아지가 음식 쓰레기통을 뒤지고 있었다. 누군가 내다 버린 고기 등뼈를 찾아내어 힘겹게 씹고 있었다. 다가가도 도망갈 힘조차 없어 보였다. 비는 내리고, 날도 어두워지고 있었다.

집으로 돌아오는데 자꾸만 녀석이 눈에 밟혔다. 참치 통조림을 사 들고 녀석이 있는 곳으로 향했다. 다행히 아직 그곳에 있었다. 통조림을 따서 수거함 앞에 놓아두고 녀석을 불러댔다. 얼마나 배가 고팠는지 절뚝이며 곧바로 달려왔다. 그리고는 통조림 하나를 게걸스럽게 먹어 치우기 시작했다. '세상에 이렇게 맛있는 음식도 있었나?'라는 듯이 쩝쩝거리며 먹는다. 천덕꾸러기가 된 세 발 강아지를 '천심'이라 이름 지어 주었다.

이튿날, 천심이는 원주민 식당에서 끓여준 고기 부산물을 먹고 있었다. 내 앞으로 달려와 꼬리를 흔들며 애교를 부렸다. 그날 이후 먹이를 챙겨 녀석이 있는 곳으로 찾아가 보았다. 이렇게 애교 많고, 붙임성 있는 강아지가 또, 있을까? 먹이를 다 먹고 나면 고맙다는 듯이 무릎 위로 올라와 머리를 비벼댔다. 아예 앞발을 내 가슴에 척 올리고 악착같이 내 품을 파고들었다. 녀석의 눈빛은 애절한 구원의 빛을 담고 있었다. "제발, 저를 데려가 주세요!"라는 무언의 소리 같았다.

결국, 녀석을 품어 안았고, 조합사무소 안에 보금자리를 만들어 주었다. 처음엔 배불리 먹여주고 다시 있던 곳으로 돌려보낼 생각이었다. 사무소로 들어온 녀석은 닭 다리 하나를 금세 먹어 치우고,

물도 한 그릇 다 핥아 먹은 다음 쌕쌕 소리를 내며 잠이 들었다.

그렇게 곤히 자는 녀석을 다시 길 위로 돌려보낼 생각을 하니 안쓰러운 생각이 들었다. 솔직히 말하자면 당시에는 조합사무소에서 천심이를 키울 여력이 없었다. 그러나 안에 들어온 녀석을 도로 내보내는 것도 차마 못 할 짓이었다. 이런저런 고민 끝에 조합사무소 근무자의 허락을 얻어 돌보게 되었다.

아침에 출근해서 만나면 마치 오래전에 아는 사이라는 듯 바닥에 엎드려서 꼬리를 흔들며 반긴다. "나는 엄마 딸이에요!"라고 말하는 거 같다. 밥그릇을 만들어 하루에 두 번씩 식당에서 음식을 얻어와 가득 채워주었다. 관리를 해 주니 티끌 하나 없이 깨끗해졌고, 사무소의 보송보송한 바닥을 밟고 다녔다. 바구니에 놓인 담요에서 따뜻하게 잠을 잔다. 사무소에서 노는 것을 좋아했고, 방문하는 사람들의 쓰다듬는 손길에 익숙해져 갔다. 보듬어 안고 감싼 사랑이 천심이를 고독에서 안락으로 바뀌게 하였다.

세상의 오염된 환경이 천심이를 세 발로 태어나게 했다. 어쩌면 하늘은 천심이를 통해 자연을 훼손하게 되면 인간의 몸을 부식시켜 쓰러지게 한다는 경고를 보내는 건 아닐까?

"천심아~, 잔병치레 없이, 잘 자라거라~."

점점… 아픈 자식 뒷바라지로 노심초사하는 엄마 마음이 되어 간다.

2

길 잃은 백설 공주

✨오일장은 소양강댐으로 가는 도로 옆에 붙어 있다. 김장철이라 상인들이 장사진을 이루고 있다. 손님과 상인의 인정이 오가다 보니, 녹록지 않을 장터만의 값이 정해진다. 김장 재료를 사 들고 주차장이 있는 곳으로 걸어가고 있었다. 어디선가 강아지 낑낑 소리가 들려온다. 주위를 살펴보니 주차장 옆 나무 아래 '비숑 프리제' 종의 애완견이 웅크리고 앉아 있다. '집안에나 있어야 할 강아지인데, 왜 길에 저러고 있지?' 덩치가 크지도 않고 작지도 않다. 사랑받고 살았다는 징표처럼 목에는 매듭으로 만든 목걸이를 하고 있다. 순백색 털은 어디로 갔는지, 숯 검댕을 칠한 것처럼 꺼멓게 변해 있었다.

길을 잃은 것인가, 아니면 장터에 버리고 간 걸까? '불쌍한 것! 어쩌면 좋아…' 차가운 바닥에 배를 깔고, 미운 정 남긴 주인을 기다리고 있다. 한참 동안 퀭한 눈으로 쳐다본다. 누군가 부끄러움도 없이 자식처럼 예뻐해 주다 버린 모양이다. 머물 곳도 없어지고, 보살펴 주던 주인도 사라지고 없으니 얼마나 무섭고 겁날까? 순간, 가슴이 툭 내려앉았다. 어릴 적 내 아픈 기억이 되살아났기 때문이다. 6살 때, 남춘천역에서 엄마를 잃어버리고 공포에 떨며 울부짖었었다. 이 녀석도 지금 그런 심정이 아닐까? 시장 사람들의 목소리가 들리면 귀를 쫑긋 세우고, 남은 눈물 한 방울까지도 다 쏟아내면서 기다렸을 것이다.

장터 앞에는 옛집을 부수고 새로 건물을 짓는 모습이 보였다. 가까이 다가가 녀석을 여기에 버린 가족들의 증거라도 있나 살펴보았다. 물도 없고, 음식 냄새도 없는 것을 보니, 여기에 버려지진 않았다. 다음날, 걱정되어 공사 중인 장소와 장터에 가 보았다. 녀석은 보이지 않는다. 공사 중인 인부에게 혹시 버려진 강아지를 보았냐고 물으니, 여기엔 없다며 위험하니 나가라고 한다. 걱정이 머릿속을 맴돌아, 그다음 날도, 그곳을 찾아갔다. 어제 보았던 인부가 건물 뒤에 그 녀석이 와 있다고 귀띔해 준다. 굶주려 눈이 툭 튀어나와 보였다. 싸 가지고 온 생선 부스러기를 플라스틱 그릇에 담아 주었다.

바닥을 뚫을 기세로 눈 깜짝할 사이에 핥아 먹는다.

아직도 떠돌며 주인을 하염없이 기다린 것이다. 추워서 웅크리고 잠이 들면 돌봐주던 주인이 녀석을 데리러 오는 꿈을 꾸지는 않았을까? 하지만 잠에서 깨어나면 뱃속에서 밥 달라고 아우성을 치는 소리를 들으며 '끄응…, 배도 고프고, 너무 외롭구나.' 쓰라린 현실이 반복되었을 것이다. 해가 중천에 뜰 때까지 훌쩍였는지 눈 밑에 검은 그림자가 드리워져 있다. 장터에서 생선을 다듬고 남은 부산물을 먹을 수 있었지만, 이젠, 코로나 여파로 심할 땐 개장하지 않는다. 신북읍엔 몇 군데 식당만 문을 열어 놓고 있다. 녀석은 쓰레기 틈바구니에서 동물 내장이나 음식 찌꺼기를 뒤져 먹으면서 버티고 있었다. 깡말라 버린 몸에서 냄새까지 난다. 킁킁거리며 식당을 기웃거리다 화가 난 주인에게 오지 말라는 경고의 욕설을 들으며 떠돌이 신세가 되었다.

'지금 여기서 헤어지면 언제 다시 만나게 될까?' 시장 바닥에 놔두었다간 추위에 떨면서 아무거나 집어먹다 죽을지도 모른다. 새벽에는 초겨울 비까지 내렸다. 녀석은 뼛속까지 젖어서 추위에 벌벌 떨었을 것이다. 깡순이가 있는 농장으로 데려가 같이 키우기로 마음먹었다. '조금만 참아라. 곧, 너를 예쁜 모습으로 단장시켜 줄 거니까?' 물을 뜨끈하게 데워 목욕을 시키고, 털을 정리해 주니 '아! 이 녀석이, 그 녀석 맞나?' 할 정도로 사랑스러운 백설 공주가 되어 있다. "그래, 널, 앞으로 백설이라 부르자!" 몸뚱이를 살펴보니 부러진 곳은 없었지만, 긁힌 상처와 다리에 약간의 살점이 떨어져 나가 있었다. "백설아~, 이젠, 절대 배고픔과 추위에 떠는 고통은 없을 거야!" 따뜻한 방 안에서 아기처럼 쌔근쌔근 자는 모습을 보니, 엄마 품을 파고든 자식 같다.

백설이가 감았던 눈을 스르르 뜨며, "엄마, 꽃향기가 나는 샴푸로 씻어 주고, 약도 발라 줘서 고마워요."라는 눈빛으로 쳐다본다.

3

내가 만난 고양이

한 아파트로 고양이들을 구하기 위해 동물보호단체가 출동했다. 아파트 주민들이 악취가 난다고 시청에 민원을 넣었기 때문이다. 70여 마리의 고양이가 발견되었다. 중성화 수술을 시키지 않아서 개체 수가 눈덩이처럼 불어난 것이다. 환경도 고양이를 키우기에는 불결했다. 피부가 문드러지고, 폐렴으로 죽은 고양이가 널브러져 있었다. 차라리 고양이를 죽이는 게 나을 정도로 심각한 상황은 생명을 키우는 게 아니라 사실상 학대에 가까웠다. 겉으로 보기엔 길거리가 아닌 포근한 집에서 자라게 되었으니 잘된 일이 아니냐고 말할 수도 있겠지만, 버려짐과 다를 바 없는 환경은 고양이들에게 치유할 수 없는 아픔으로 남을지도 모른다.

고양이와 시간을 보내다 보니 별별 일들을 다 겪는다. 새끼 고양이

'백자'가 첫 외출에 나섰다. 자그마한 텃밭이지만 백자 눈에 비친 세상은 모든 것이 신기한 모양이다. 텃밭에 심어 놓은 깻잎에 코를 대고 킁킁거리기도 하고 밭 둔덕에 쌓아 놓은 거름 포대를 앙증맞은 발로 툭툭 건드려보기도 한다. 어미인 설희는 텃밭 한가운데 서서 귀엽다는 눈빛으로 지켜보고 있다. 꽃가루 묻힌 나비도 쳐다보고, 산새들의 청량한 소리에 정신이 팔려 세상 구경은 더디기만 하다. 뒤뚱거리며 걷다가 고춧대에 걸려 넘어졌다. 넘어진 김에 쪼그리고 앉아 주위를 둘러보는 데 여념이 없다.

설희가 무언가 뜯어 먹고 있다. 가까이 가서 보니 풀이었다. 고양이가 풀잎을 실제로 먹는 모습이 이상하게 보였다. 조금 뜯어먹고 말겠거니 생각했는데, 풀잎을 마구 뜯어 게걸스럽게 먹어치운다. 개가 풀 뜯어 먹는다는 소리는 들었어도 고양이가 풀 뜯어 먹는 건 처음 보았다. 개가 몸살감기에 걸렸거나, 상처를 입었을 때, 개 스스로가 씀바귀 같은 풀을 뜯어 먹고 자가 치료를 한다는 소리를 들어본 적은 있다. 고양이도 스스로 위 청소를 위해 풀을 뜯어 먹는 걸까? 사람도 지천으로 널려있는 나무, 풀 그리고 열매나 뿌리, 잎새로 자연치유를 하고 있듯이 고양이도 스스로 몸을 관리하다니 지혜로운 녀석이다.

고양이도 사람처럼 깨끗한 물을 좋아한다. 녀석들을 예뻐하는 남편은 텃밭 옆 커다랗고 깊은 통에 농수로도 쓸 요량으로 깨끗한 물을 가득 부어 놓았다. 고양이들은 물을 먹기 위해 고무통 테두리로 정확하게 착지한다. 운동선수다운 균형 감각이다. 그건 기계체조 '마루' 선수가 기량을 펼치고 뛰어내리며 두 다리로 균형을 잡는 것보다 어려운 동작임이 틀림없다. 그리고 맛있게 혀를 날름거리며 물을 핥아 먹는다.

수호는 멋진 흰색 고양이다. 다리도 길고, 새초롬한 미인형이다. 현관의 방충망을 들어올 만큼 뚫어 놓고, 거실을 제집처럼 드나든다. 쓱…, 주방으로 들어와서 턱 하니 앉아 있다. 나가라고 하면 주방 조리대 앞에 드러누워 배를 보이면서 요염을 떤다. '야옹!'거리며 먹이를 달라고 보챈다. 먹던 사료를 내놓았더니 마음에 들지 않았는지 '나 보고 이걸 먹으라고요?'라는 듯이 매정하게 휙 돌아서 버린다. '생선을 내놓으란 말이에요!'라는 표정으로 눈을 똥그랗게 뜨고 목소리를 높이기도 한다. 바닥에 뒹굴고, 꼬리 치고, 심지어 내 다리를 핥기까지 한다. 황태 채를 한 줌 꺼내 물에 적셔서 가위로 잘게 잘라놓으면 게 눈 감추듯이 먹어치운다.

녀석들에게 늘 잔소리를 해댄다. 엄마도 사람이지만, 세상에서 가장 무서운 건 사람이야. 붕붕 대는 자동차보다, 컹컹 짓는 개보다 더 무서울 수 있단다. 너희들에게 호의적일 거란 생각은 일찌감치 버려라. 너희가 한밤중에 서글프게 우는 것도 '재수 없다.' 할 수 있고, 쓰레기봉투가 뜯겨 있으면 냄새가 진동하니 너희들을 더욱 싫어하지. 춥다고 자동차 바닥에 들어가 앉아 있다가 흠집이라도 내면 죽이고 싶어질지도 모른다. 선심을 쓸 때는 다 이유가 있지. 그러니 사람이 예쁘다고 고등어라도 던져주면 먹지 말고, 바로 집으로 뛰어와야 한다. 그건 도로에서 달리는 자동차를 만나는 것보다 더 위험한 거야.

"너무 멀리 가면 위험해져, 거긴 내 영역이 아니니까!"

4

환상의 단식조

운동 운운한다는 것이 사치스러운 생각으로 들릴지도 모른다. 그러나 코로나 불안증으로 누구나 안달복달이다. 이럴 때일수록 건강을 돌보며 지켜야 하는 것은 미래를 대비한 아주 중요한 투자가 아닐까?

집 앞 공터에는 아까시 꽃이 달콤한 향내를 품어낸다. 부근에 사는 지인과 배드민턴을 치고 있다. 주말이면 아침 7시에 집 앞 공터로 나간다. 그녀는 믿기지 않을 정도로 날씬한 몸매와 젊음을 고스란히 간직하고 있다. 운동 중에도 시종일관 밝은 웃음은 건강미가 넘쳐 보인다. 그녀의 남편은 공직 생활을 하다가 지금은 고인이 되었다. 남편이 세상을 떠난 후 배드민턴 상대를 잃게 되었고, 나와 아침 운동 상대가 된 것이다.

"비 오는 날이 제일 싫어요! 배드민턴을 칠 수가 없으니까."

배드민턴은 좋은 운동이긴 하나 비가 오거나 강한 바람이라도 불면 칠 수가 없다. 처음에는 서브도 잘못해 얼굴이 화끈거렸다. 그때 들은 말이 "몸에 힘을 빼고 쳐야 해요!"라는 것이다.

예를 들어 미운 인간에게 따귀를 한 대 올려붙이더라도 어깨부터 팔, 손목에 힘을 주지 않아야 충격이 크다는 것이다. 그 당시는 무슨 말인가 했는데 익숙해지니까 이해되었다. 시간이 지날수록 배드민턴뿐만 아니라 모든 운동이 다 그러함을 알 수 있었고, 인생살이도 크게 다르지 않음을 느끼게 된다.

배드민턴을 치면서 여유와 너그러움이 생겼다. 공(서틀콕)은 거짓이 없다. 보내는 자리로 가게 된다. 욕심부리지 않고 양보하는 자세로 공을 치다 보면 진정한 삶의 의미를 찾게 된다.

'배드민턴을 치면 몸의 세포들이 춤을 추는 기분이다.'

아침에 맑은 공기를 마시며 하얀 깃털을 치는 기분을 경험하지 않은 사람은 모를 것이다. 온몸에 땀방울이 송골송골 맺히기 시작하면서 몸과 마음은 상쾌해지고 운동하는 사람만의 행복감을 느낄 수 있다. 건강을 해치지 않은 범위 내에서 안전하게 할 수 있는 운동이고, 효과도 바로 나타나며, 흥미롭게 즐길 수 있는 운동으로 배드민턴이 최상이라고 생각한다. 어떤 때는 피곤하고, 하기 싫을 때도 있다. 그런데 참 이상한 건 분명히 집에서 나올 때만 해도 몸이 천근, 만근이었는데 그녀와 어울려 한바탕 신나게 뛰고 나면 어느새 피로는 바람처럼 사라진다. 땀이 날 정도로 운동을 하니까, 엔돌핀이 솟아나나 보다.

근래에 들어서는 이 운동만을 즐기고 있다. 배드민턴 라켓을 잡고 셔틀콕을 힘껏 날리면 우리들의 얼굴엔 싱그러운 미소가 절로 묻어난다. 공유하는 즐거움 이게 바로 배드민턴의 묘미가 아니던가.

그녀는 음식점을 운영하고 있다. 온종일 서 있어야 하는 직업적 특성 때문에 관절이 좋지 않다. 운동을 하기는 해야 하는데 너무 막연했다고 한다. 그러다가 아침에 나와 배드민턴을 하고 나서부터 몸이 좋아졌다. 오십견이 없어졌다며 신기해한다. 바닥에 떨어진 셔틀콕을 주울 때는 뱃살이 많이 빠진다며 너스레를 떨어댄다.

띠리리⋯. 휴대전화 알림 소리와 함께 오늘도 어김없이 나의 배드민턴 사랑이 시작된다. 그저 쉬는 날이면 지친 몸을 소파에 뉘어 놓고, 리모컨 조작으로 뉴스나 오락프로그램을 전전하는 게 고작이었다. 이제는 순백의 깃털이 달린 셔틀콕의 섬세한 라켓 놀림에 의해

창공을 나는 새처럼 마음도 자유자재로 날아다닌다. 이 셔틀콕을 쫓으며 이리저리 뛰어다닐 때는 살아 숨 쉬는 생동감 그 자체를 맛볼 수 있다.

'미묘한 쾌감과 스릴을 느끼며, 여유로움에 매료되어 간다.'

5

잠들어 있는 땅덩이

　　그녀의 친구는 일하면서 경매도 배울 수 있는 회사에 취직되었다며 분식집에 자주 찾아왔다. 또한, 땅 지분을 판매하면 수당도 받을 수 있다고 기뻐했다. "친구야! 적은 돈으로 땅 사서 돈 벌 수 있는 물건이야!" 지금 못 사면 후회한다고 집요하게 권했다. 위치도 좋고 투자하면 배 이상은 오른다는 말을 뿌리치지 못하고 투자하게 되었고, 원하면 언제든지 팔아주겠다는 말을 믿고 샀다며 눈물을 글썽인다.

　　"코로나 사태로 손님이 없어 월세도 못 내고 있어요. 대출받아 산 땅을 해약하고 싶은데, 친구와 연락이 안 되니까, 숨이 막혀오는 것 같아요."

그녀는 청계산 봉우리에 있는 토지를 지분으로 매입했다. 1필지가 여의도 절반 크기로 국사봉과 이수봉 사이에 있는 땅이다. 가파른 등산로를 끼고 올라가다 보면 나무들이 울창하게 우거져 있다. 개발 제한구역으로 그린벨트라고 부르는데 애초부터 개발할 수 없는 땅이다. 기획부동산이 넓은 땅을 낮은 가격에 사들여 경매 법인을 차려 놓고, 경매나 공매를 무료로 가르쳐 준다면서 선심 공략을 한다. 이후, 경매를 배우러 온 사람들을 직원으로 채용하고 일당을 지급하며 미끼로 만든다. 직원들에게 지인이나 친척들에게 공유 지분으로 땅을 팔게 하고, 수당도 듬뿍 지급하니 많은 사람이 불나방처럼 달려들었다. 실적이 없으면 핑계를 만들어 그만두게 하고 다시 직원을 뽑는다.

피해를 본 사람들은 은퇴 나이가 대부분으로 수입이 없는 사람들이 노년의 삶을 준비하기 위해 투자를 했다. '아직도 이런 기획부동산에 속아 땅 사는 사람이 많다니!' 가까운 지인이나 친척들이 팔고 있으니 정에 못 이겨 강매를 당했을지도 모른다. 기획부동산은 자신들이 매입한 토지를 팔기 위해 가상으로 필지 분할 도면을 만든다. 토지를 매입한 사람들에게 금방 개발해서 수익이 난다는 사탕발림 이벤트를 쏟아붓는다. 이런 땅들은 전혀 개발이 안 되며, 날아서 들어갈 수도 없는 사방이 꽉 막힌 토지이다. 위성 지도로 보면 빽빽한 나무만 보인다. 몇백 명의 투자자는 지분 소유권이 되어 있어 분할도 할 수 없다. 투자자들 지분이 1필지 토지의 어느 위치에 있는지도 불분명하니 개발해서 땅값 상승으로 인한 수익성이 전혀 없는 잠들어 있는 땅을 가진 것이다.

"토지를 사기 전에 현장을 가 보았나요?", "가 본 적은 없어요. 그냥, 친구 말만 믿고 투자를 했어요." 마트에서 먹거리 하나를 사도 요모조모 따져보고 사는데 현장 한 번 안 가 보고, 서류 분석도 안 하고, 토지를 매입한 것이다. "토지를 매입할 때는 토지이용계획확인서를 열람해 개발 가능한지부터 확인하고, 토지 등기부도 열람해 봐야 해요. 주택을 매입할 때 등기권리증이 있듯이 토지도 등기권리증이 있으니 반드시 확인해야지요!" 토목설계사무소에 개발 여부라도 알아봤다면 이렇게 당하진 않았을 텐데.

"친구가 하도 땅을 사라고 권해서…, 기획부동산인 줄 모르고, 그만…. 원금이라도 찾을 수 있으면 좋겠어요! 무슨 방법이 없을까요?"
토지에 대한 지식도 없는 데다 기본적인 자료 확인도 안 하고, 투자한 게 화근이 되었다. 원금을 찾을 가능성이 보이지 않는다. 투자는 남는 장사여야 한다. 하지만 투자한 사람에겐 수익이 없고, 기획 부동산만 이익이 남는다. 소유권이 이전되고 나서는 기획부동산에 책임을 돌릴 수도 없고, 그 피해는 고스란히 투자자의 몫이다.

시간과 비용을 들여가며 더는 힘들어하지 말라고 일러줘야 하는데, 도저히 입이 떨어지지 않는다.

※ 공유 지분: 여러 사람이 일정한 비율로 소유한 토지로 면적은 알 수 있으나,

각자의 토지 위치를 정할 수 없는 형태

6

무늬는 같아요

성남시 산성역 부근의 근생 빌라 주차장에서 실랑이가 벌어졌다. 이 빌라에 살고 있던 정 실장과 시비가 붙은 것이다. 젊은이가 중형 승용차를 몰고 와서 주차하려고 하길래 "이곳은 외부 차량이 주차할 수 없어요!"라고 일러주었는데 청년이 신경질적인 반응을 보이자 언성이 높아진 것이다. 이 빌라 2층 목공방에 왔다면서 저속한 말짓거리를 하고 삿대질을 한 것이다. 상가 주위 사람들이 모여들기 시작하자 그는 난폭하게 차를 몰며 어디론가 달아나 버렸다. 그런 광경을 강 건너 불구경하듯 바라만 보고 있던 빌라 주민들이 더 밉다는 생각에 화가 치밀었다.

정 실장은 1, 2층은 미용실, 세탁소, 목공방이 있고, 3, 4, 5층은 주택으로 지어진 신축 빌라에 이사를 왔다. 주차 면적이 적어 상가 입주민들과 분쟁이 자주 일어난다. 이번에는 안 되겠다 싶어 구청에 주차공간 확보를 의뢰하였더니, 담당 공무원으로부터 뜻밖의 통보를 받았다. 이 빌라는 근린생활시설로 주택을 섞어 건축한 것이지 일반주택이 아니라는 것이다. 그래서 불법 용도로 변경된 주방이나 난방시설을 원상복구 해야 한다고 했다. 외관상으론 구분이 거의 불가능하지만, 5층 이상이면 일반주택이 아니라는 것을 의심했어야 했다. 돈이 되니 분양업자는 똑같은 면적에 많은 세대를 짓기 위해 근린생활시설 허가를 받고, 빌라 형태로 지은 후 준공을 받았다. 이후 불법으로 취사, 바닥 난방 시설을 설치해 일반주택 모양새를 만들어 팔았다.

정 실장은 걱정이 이만저만이 아니다.

"불법 건축된 거라 내부를 철거하고, 원상복구 하라니, 억울해 미치겠어요! 전기, 수도요금 고지서도 똑같이 주택용으로 나오고, 대출도 받았거든요. 건축법상 주택이 아니고, 상가 건물이라는 거예요!"

분양업자들이 개인적으로 친분이 있거나 거래 관계가 있는 제2금융권 은행을 소개받아 편법으로 대출을 받을 수 있게 만들었다. 또 취득세가 일반주택보다 비싸므로 알아챌 수도 있었는데, 약삭빠른 건축주가 분양할 때 '마케팅 작전'으로 특별히 혜택을 준다면서 대신 부담해 주었다. 더구나 재산세도 근린생활시설 건물은 일반주택보다 비싸지만, 주택 용도로 사용하고 있다고 증명해 보이면 재산세는 주택과 똑같은 금액으로 나오니 깜깜이가 되어 당한 것이다.

"집 살 때 등기부 등본을 떼어봤는데 일반주택인 줄 알았어요!"
"등기부 등본 제일 앞면에 해당 건물의 용도가 '1종 근린생활시설'로 나와 있기는 한데, 주방이나 난방이 설치되어 있으니, 일반주택인지 확인이 어려울 수 있지요!"

구청에서 현황조사를 해서 주택이 근린생활시설로 확인되면 그때 난방 철거 명령이나 이행강제금을 부과한다. 안타까운 건 요즘 젊은 세대에서 이런 피해를 보는 경우가 많아졌다. 아무래도 부동산 거래 경험이 많지 않다 보니 건물이 신축이거나, 가격이 저렴한 것만 보고 분양받는 경우가 많아서이다. 급하게 집을 구하다 보니 겉보기에는 일반주택으로 보이니 '이건 상가다.' 이런 의심을 하지 않는다.

그럼 미리 근생 빌라를 확인할 방법은 없을까? 현재는 '건축물대

장'을 열람하는 게 가장 확실한 방법이다. 몇 층에 근린생활시설이라고 명시되어 있으니까.

정 실장은 억울하지만 '사후약방문(死後藥方文)'이 되었다고 푸념한다. 불법을 저지른 건축주를 처벌해 달라고 고발을 해야 하나? 불법건축물을 철거해야 하나? 아니면 이행강제금을 내면서 살아야 하나?

* 근생 빌라: 근린생활시설을 불법으로 용도 변경한 주택

누가 책임져야 하나?

⚘양순이는 귀농 준비를 위해 교육과 견학을 반복하였다. 5년 전, 도시 생활을 접고 강원도 정선으로 이주하였다. 특용작물인 산수유, 복분자로 친환경 농사를 짓고 있다. 마을 십여 가구에 노인들만 살고 있다.

2년 전, 산에 있는 나무를 베어내더니 태양광 시설이 들어섰다. 마을 노인들은 이제 살면 얼마나 살겠느냐는 마음에 태양광 회사에 토지를 제공하였다. 1년 동안 5천여만 원을 받을 수 있다는 말에 현혹되었다. 태양광 시공업체는 고령화가 심각한 마을에 안정적인 수입이 필요하다는 것을 알고 접근한 것이다.

마을이 태양광 모듈로 시커멓게 덮여간다. 여름에는 기온이 높고 직사광선이 강하기 때문에 모듈의 표면 온도는 매우 높아진다. 잡초

더미에 의한 그늘이 모듈에서 생산되는 발전량을 감소시키므로 이를 막기 위해 잡초를 죽일 때 사용하는 제초제를 뿌린다. 그 때문에 양순이가 정성으로 키운 특용작물도 덩달아 시들시들 말라가고 있다. 그녀는 화가 몸을 갉아먹는지 안 아픈 곳이 없단다.

양순이는 떨리는 목소리로 말한다.
"꿈을 포기하고, 이사를 해야 하나! 아니면 미련하게 벌레처럼 꾸역꾸역 참고 살아야 하나!"

집중호우 때, 태양광 시설 중심으로 산사태가 발생하면서 주민들의 후회하는 아우성은 커지기 시작했다. 농경지가 침수되고 주택이 여러 채 파손되었다. 가꾸던 특용작물은 윗가지만 보일 정도로 잠겨 버렸다. 흙더미와 급류가 집을 덮어 순식간에 모든 게 휩쓸려갔다. 더욱 무서웠던 건 집안에 계시던 그녀의 시어머니가 오랜 시간 흙더미에 묻혀 있었던 일, 마을 주민들의 도움으로 겨우 빠져나왔지만, 그때 충격을 받아 병원을 전전하며 치료를 받고 계신다. 산사태가 난 곳으로 올라가 보니, 산 중턱 경사면을 깎아 조성한 콘크리트 축대벽이 부서져 있었다. 폐골재로 채워놓았던 바닥에 빗물이 흡수가 안 되면서 마을로 쓸려 내려온 것이다.

춘천 신북읍 발산리 주민들도 주로 벼농사를 지으며 살고 있다. 아버지는 벼농사를 친척에게 맡겨 경작하고 계신다. 태양광 시공 업체 직원이 선물을 사 들고 아버지를 찾아왔다. 경작 중인 농지를 20년간 대부 계약을 맺자는 요청을 하였다. 태양광 설비를 해서 생산된 전력을 한전에 판매해서 매월 2백만 원 발전수익을 호언장담한다. 아버지는 토지 임대료를 받아봐야 몇 푼 안 되고, 농지라 팔기도 힘든 터라 귀가 솔깃해지셨다.

만약, 농지에 태양광 시설이 설치되면 기존에 짓던 벼농사는 접어야 하고, 태양광발전 사업자로 등록되면서 책임은 더욱 커진다. 태양광 시설이 완료되면 대금을 지급한다는 명목으로 공사비 대출 신청을 요구할 것이다. 또한, 인허가나 전력수급계약에 지장이 생겨 태양광 사업이 무산되면, 그 피해는 전부 아버지(사업자)가 책임져야 했다. 다행히 대금 지급을 막아 더 큰 피해로는 번지지 않았다.

기획부동산들도 태양광 사업에 뛰어들고 있다. 넓은 평야의 절대 농지를 싸게 매입해 놓고, 노후 보장을 미끼로 퇴직자, 자영업자들에게 정부 지원을 앞세워 투자를 유도한다. 연 14%의 고수익을 20년간 보장해 준다고 유혹하면서 수억 원의 투자계약서를 쓰게 하고 있다. 지금은 정부가 태양광 사업에 무상지원이라는 혜택을 주고 있지만, 앞으로 이런 제도가 어떻게 변할지 아무도 모른다. 날씨의 영향으로 발전량이 줄어들면 수익이 줄어들게 마련이다. 한전이 태양광 발전량을 높은 금액으로 매입해 주고 있지만, 이 또한 정부 보조금이기에 가능한 것이다. 정부의 지원이 없어진다면 과연 태양광에 의한 수익이 보장될 수 있을까?

"20년 후, 설치한 태양광 모듈은 전량 폐기될 수도 있는데, 환경 파괴는 누가 책임져야 하나?"

※ 태양광 모듈: 태양광을 받아 발전하는 것으로 평판형의 태양전지(PV)
셀과 그것을 보호 유지하는 기재

8

혼돈의 시간, 혼돈의 공간

누구에게나 살고 싶은 자기만의 주거 공간이 있다. 그런 곳에 들어서면 무척 마음이 편안해지며, 아무도 침범하지 못할 것이라는 안도감이 녹아 있다. 이 공간은 어렵게 둥지를 튼 보금자리가 아닐까?

아파트는 신혼부부라든가, 부모를 부양하는 사람들이나 다(多) 자녀를 둔 사람들이 우선 분양받게 된다. 하지만 이, 특별 공급을 악용하여 부정 청약으로 아파트 당첨을 받자마자 팔아치우고 나서 '먹튀'로 선량한 사람들의 가슴에 피멍 자국을 만드는 이들과 같은 하늘 아래에 살고 있다.

코로나 19는 세상과의 만남을 휴식기로 만들었다. 무료함을 달래기 위해 인터넷을 검색하던 중, 황당한 기사가 눈에 띄었다. 불법 청약인지 모르고 산 입주민에게 아파트를 빼라고 시행사가 통보하여 입주민이 날벼락을 맞았다는 것이다. 아파트를 분양받은 최초 분양자의 부정 청약이 그 이유였다. 아파트를 분양받은 수백 세대 중 위장 결혼이나 위장 임신의 방법으로 40세대가 넘게 부정 청약한 사실이 경찰 수사 결과 확인이 되었다. 입주자 중에는 최초 당첨자에게 아파트를 매입한 것이 아니고, 여러 번의 전매를 걸쳐 입주한 세대가 있었다.

아파트 분양권의 전매는 등기된 실물의 집이 아니라 미등기의 분양 권리이다. 이 권리를 다른 사람에게 팔았다. 즉 미등기 전매를 한 것이다. 아파트를 분양받았다면 공급계약서가 최초 매매계약서로 인정받는다. 최초 분양받은 사람이 다른 사람에게 팔아 등기를 한다면 공급계약서와 매매계약서가 있어야 한다. 이후 다른 사람에게 넘기고, 또 그 사람이 다른 사람에게 넘기면, 매매계약서가 다 있어야 등기가 된다. 방지책으로 전매할 때 아예 매매계약서 원본을 시행사가 지정한 세무회계법인에서 관리를 했더라면 시행사는 전매의 입주자들까지 챙기는 책임감이 생기지 않았을까?

아파트를 거래할 때 주택법에서는 최초 분양 과정에서 부정 청약을 하여 당첨되면 아파트 입주자가 바뀌었더라도 아파트를 건축한 시행사는 계약을 취소해야 한다. 현재의 입주자에게 약간의 보상을 해주긴 하지만, 자신이 매입했던 아파트 가격에는 못 미친다. 최초 분양 가격에서 감가상각비 10%를 제외한 금액을 보상해 주는데, 각종 세금에 여러 번 전매를 거쳐 매입했으니 가격 상승 폭이 높아졌을 것이다. 보상 금액으로는 지금 수준의 아파트를 장만할 수가 없다.

순간, 아늑한 휴식 공간이었던 아파트는 마음에 큰 생채기를 내어 그들을 슬픔과 절망에 빠지게 한다. 여기서 벗어나기 위해 온갖 지혜를 짜내야겠지. 일단 부정 취득 사실을 모르고 계약한 것을 잘 입증해야 한다. 하지만 청약이 발생한 시기가 수년이 지났고 최초 당첨자는 웃돈을 받고 분양권을 되팔았고, 전매에 전매가 이루어지면서 현재 입주자는 억울한 피해자로 남게 되었다. '세상에 이런 일을 당하다니….' 이 엄동설한(嚴冬雪寒)에 하루하루 불면의 밤으로 지새울 그들을 생각하니 가슴이 시리다.

만약, 내가 거금의 아파트 가격을 다 치르고, 행복한 보금자리에서 살고 있는데, 갑자기 내 잘못도 아닌 최초 불법을 저지른 청약자

때문에 시행사로부터 아파트를 비우라는 통보를 받았다면 어떤 기분이 들까? 우선 꿈이길 바랄 것이다. 사기를 당한 것이니까 최초 분양자에게 소송해서 받아내야 하나? 아니면 전매한 사람들에게 '부당이득 반환청구' 소송을 하고, 최초 불법 청약자를 찾아서 처벌받게 해야 하나? 물론 시행사도 잘못이 있다. 최초 불법 청약자와 계약할 때, 청약 서류를 제대로 검토도 안 하고 신청을 받았기 때문이다. 혹시, 공급 계약을 취소하고 다시 분양권을 팔아 이익을 얻으려는 건 아닌지 모르겠다. 현재 입주자는 선의의 피해자로 불법이 아니기에 구제해 줘야 하지 않을까? 민법이 왜 있는 것인가? 억울한 사람을 없게 하고, 정의를 위해 존재한다고 본다.

아파트를 매입할 당시 최초 청약자에게 바로 매수했다면, 그 당시, 매매계약서에 특약사항을 만들어 "불법 청약으로 매수자에게 손해가 발생할 시, 원 청약자는 모든 책임을 지기로 한다."라고 기재라도 해 두었으면 예방책이 되었을 것이다. 그런데 전매에 또, 전매 또, 전매로 팔고, 사면서 많은 시간이 흘렀고, 현재 사는 이들에겐 가정에 위기가 되었다. 혼돈의 시간을 보내고 있을 그들에게 "힘내세요! 잘 될 거예요."라고 위로를 보낸다.

9

차(茶) 속, 작은 숯덩이

✿춘천 삼한골, 높이 솟아오른 산 모양이 예사롭지 않은 만큼 깊은 계곡을 이루고 있다. 농로 길 양쪽으로 산천과 하늘만 보인다. 서까래를 이용하여 지은 한옥은 본채와 별채로 나누어져 있다. 자연석으로 경계를 이룬 연못에는 연잎이 수면을 뒤덮고 있으며, '톡톡!' 꽃향기 터지는 소리가 들린다. 그 속에서, 모시 한복을 입은 여인처럼 단아한 모습을 한 연꽃들의 향연에 '스르륵' 빠져든다. 장 사장은 삼십여 년 건축업에 종사하고 있다. 일이 생각대로 풀리지 않거나 그 안에서의 분쟁이 생길 때 차를 즐기며 화를 달래었다. 틈틈이 도자기나 미술품을 수집하여 집안을 작고 소박한 박물관 모습으로 꾸며 놓았다. 별채는 한지로 벽을 바르고, 고가구가 놓여 있는 촉촉한 분위기로 청자 다기 세트가 정갈하게 놓여 있다.

차 한 잔을 곁들이며 한가로이 여유를 즐기는 시간. 수반 모양의 다기에는 하얀 꽃잎이 둥글게 퍼져있고, 한가운데 노랗게 꽃심이 방긋 솟아 있는 것이 그렇게 평화로울 수가 없다. 하얀 연꽃은 학처럼 곧 하늘로 날아오를 듯 찻물 위에 일렁이고 있다. 꽃잎이 커서인지 향기도 진하다. 두 번, 세 번 우려서 차 맛을 만끽하며 담소를 나눈다. 그는 차도(茶道)에 대한 설명과 어떤 생각을 하고 마시느냐에 따라 차 맛이 다르다며 먼저 색깔을 감상하고 향을 느끼고 다음에 입과 목을 축이라고 권한다. 차라는 보석을 일찍 만나 행복하다. 아직도 차라는 보석이 손만 뻗으면 닿을 수 있는 곳에 지천으로 깔려있는데 사람들은 가까운 곳에 두고도 그것이 보석인지 알지 못한다고 했다.

실제로 화가 나거나 불안증이 있을 땐 연꽃차를 마시며 마음을 진정시키고 있다고 한다. 오래도록 마시면 노화 방지와 흰머리가 검게 되고, 몸의 독소가 제거된다며 예찬론을 펼친다. 지난해에 따 놓은 연꽃을 냉동시켜 놓았다가 필요할 때마다 꺼내어 산속 약수를 끓여 붓고, 마실 때 젓가락으로 꽃잎을 펴내면서 우려내면 향과 맛을 충분히 느낄 수 있다고 한다. 백색 연꽃은 색깔과 향기가 은은하여 한 번에 훌쩍 마시기보다는 여러 번에 거쳐 천천히 머금으며 마시는 것이 맛을 음미하는 데 좋다고 한다. 그래서인가 어느새 아이의 분홍빛 미소처럼 얼굴이 환해지고 머리가 맑아지는 기분이다. 연차 향미에 나른한 희열 속으로 빠져든다.

그는 연못에서 키우는 연꽃이 저녁이면 오그라들고 아침이면 피어나는 섭리를 이용하여 작은 모시 주머니에 녹차를 조금 넣어 저녁 무렵 꽃술 부분에 넣어 둔다. 오므려진 연꽃 안에서 녹차는 밤을 지낸다. 다음 날 아침 꺼내어 맑은 물에 끓여 차로 마시면 쌉싸름한 맛이 녹아들어 살과 뼈를 맑게 한단다. 비즈니스 과정에 배어 있는 독소가 제거되는 느낌이어서 연꽃 차를 따뜻하게 먹기도 하지만 뜨거운 여름날에는 냉장고에 보관하며 차갑게 마셔도 좋다고 한다.

나는 아직 차 맛을 제대로 알지는 못한다. 커피나 자극적인 음료에 길들여진 탓일까? 아니면 탄산수처럼 강하지 않기 때문인가? 향신료로 뒤섞인 음식으로 식사를 마쳤을 때 위장을 달래는 데는 연한 차가 딱 좋다. 차를 마시고 싶은 생각이 자주 드는 것을 보면 차 맛이 입에 익어 가는 모양이다. 요즘은 국화차, 보이차, 연화차 맛을 식별해가며 음미하는 재미는 일상에 찌든 마음을 청정케 하는 세심제가 되고 있다. 차를 마시며 담소를 나누다 보니 좋은 생각들이 떠오르기도 하고, 복잡한 생각이 정리되면서, 스트레스에 지친 심장이 정화되어 간다. 그래서 차를 마시면 얼굴이 맑아지고 생기가 도는 걸까?

'가슴 속, 작은 숯덩이 하나 꺼내 찻물에 우려본다.'

10

충만한 비움, 혹은 여백

    천안시립미술관에서 취묵헌(醉墨軒) 인영선 선생의 「꿈에 그린 글씨 하늘에 노닐다」 추모 서예전이 열려 다녀왔다. 미술관은 수묵화, 그림, 사진 작품이 걸려있고, 연주회와 강연회가 열리는 종합 예술 전시관이기도 하다.

  흐르는 물처럼 살다간 인영선 선생은 평생 천안에서 업을 다하고, 지난해 75세 일기로 삶을 마감하셨다. 잘 쓴 글씨보다 순한 글씨, 강한 글씨보다는 유한 글씨를 쓰고 싶다고 말씀하시며, 단 한 점도 억지스럽게 역행하지 않은 삶을 사셨다. 복잡하지 않으면서도 힘이 넘치는 붓놀림, 멋 부림이 없으면서 아름답게 굽이치는 글을 쓰셨다. 선생의 일생과 추구한 작품의 세계를 전하기 위해 명망 있는 서예가, 문인화가, 문하생이 개최하였다.

2층 전시실에 들어서자 첫 작품으로 인영선 선생의 초상화가 걸려 있다. 순진무구한 표정이 영리나 부를 탐하지 않고 오로지 먹에 취해 신선처럼 사신 모습이다. 서예전을 열 때는 자신의 짧은 산문을 도록에 수록할 만큼 문장가의 기질도 풍부하셨고, 그림에도 능해서 용과 소, 강아지 등 동물을 소재로 한 문인화도 많이 그리셨다.

전시 작품 중 '환천희지(歡天喜地)', 즉 좋아서 펄쩍펄쩍 뛴다는 작품은 큰아들 대학 합격의 기쁨을 나타낸 개 그림이다. 먹으로 개 2마리, 강아지 3마리가 좋아서 뛰어대는 모습을 아버지 마음으로 그렸다. 가족들의 기뻐하는 모습이 그림 안에 고스란히 담겨있어 보는 이도 저절로 입가에 미소가 번진다.

3층 전시실에서 글씨와 그림의 경계를 넘어 자유롭게 쓴 작품에 발길이 멈추었다. 먹의 기운을 받아 글씨가 춤을 추고 있는 듯하다. 그림인지, 글이지, 모를 작품에 점점 빨려들어 갔다. '취묵선(醉墨仙)' 먹에 취한 신선이라는 담헌(潭軒) 전명옥 선생의 작품이다.

전명옥 선생은 이렇게 말씀하셨다.

"오, 살아서 힘이 펄펄 넘치네! 그려!"

"이건, 죽어서 힘이 하나도 없구먼!"

'살아있네'. '죽었네!'라는 말이 일상적으로 사용되는 이곳은 생선을 고르는 어시장이 아니고, 글씨, 그림을 품평하는 곳이다.

"서예는 선의 예술이라 말할 수 있어요! 일차원인 선을 사용하여 이차원인 면, 삼차원인 입체를 넘어 다차원을 표현하고 있으며, 거기에 영혼을 실어 살아 넘치는 생명력을 표현하고 있어요!"

운필(運筆)의 세계에서는 생명력을 가장 중요시하는데 그 대표적인 이야기가 '척주동해비(陟州東海碑)'란다. 340여 년 전, 동해 삼척에는 조수로 인한 피해가 극심했다. 조수가 삼척 시내까지 올라와 여름철 홍수 때는 강 하구가 막히고, 오십천이 범람하여 주민들의 피해가 상당하였다. 이를 안타깝게 여긴 당시 삼척 부사 미수 허목(許穆)은 동해송(東海頌)을 짓고, 독창적인 전서체로 글씨를 써서 정라진 앞의 만리도에 비를 세웠다. 그랬더니 하루아침에 바다가 조용해지고 거친 풍랑도 가라앉았다. 그 후로 조수의 피해가 없어진 신비로운 일이 생겼다. 미수의 명문과 백성을 향한 깊은 사랑을 간직한 생명력 넘치는 명필은 해일까지도 감동하게 했다고 한다.

"전시된 취묵선(醉墨仙)의 여백은 비움을 말하고 있지요!"
얼굴에는 눈, 코, 입, 귀가 없이는 살아갈 수 없는 것과 마찬가지로 이마, 볼, 턱이 없으면 살아갈 수 없다. 이마라는 공간이 없다면 두뇌는 어디에 저장할 것이며, 볼, 턱의 공간이 없다면 슬플 때, 기쁠 때, 웃고, 찡그리고, 화내는 다양한 표정은 찾을 수 없다. 항상 여백의 공간이 함께 숨 쉬고 있으니까 우리가 존재할 수 있다. 생활 속에서도 가족이 함께할 수 있는 거실, 아파트와 함께하는 공원 등 생활 곳곳에 여백의 미가 숨 쉬고 있다. 전명옥 선생은 비어있음이 그냥 비어있는 것이 아니라 충만한 비움이요. 없음 또한 아무것도 없음이 아니라 '있음', '없음'을 다 포함한 여백이란다. 작품을 바라보고 있자니 쉼이란 여백이 몸 안으로 고즈넉이 내려앉고 있다.

'아! 먹에 취한 글이 너울너울 춤을 춰대니, 술에 취한 듯 무아지경!'

제4부

웃고 또 웃고
지내던 날들

1

별, 사랑, 술, 시

〰〰〰

✨충주 시내가 한눈에 들어오는 산 정상에
는 충주 고구려 천문과학관이 자리 잡고 있다. 별이 촘촘히 박힌
밤하늘을 올려다보니, 포근한 기운이 천문관을 휘어 감은 느낌이
다. 천문관 입구에 들어서니 고대 천문도와 우주관이 전시되어 있
다. 먼저 시청각실에 들어가 천문 다큐멘터리 영상을 관람한다. 천
체 투영실은 최첨단 디지털 천체 투영기를 사용하여 밤하늘 별자리
뿐만 아니라 행성의 움직임과 여러 천체의 모습을 360도 넓은 천
장 스크린을 통해 다양한 각도로 볼 수 있다. 의자를 조절하여 누
워서 올려다볼 수 있게 되어 있다. 행성에서 머나먼 곳에 있는 지구
가 보인다. '저렇게 작았나?' '우주에 사는 우리는 얼마나 작은 존재
인가?' '그럼에도 무엇을 더 얻으려고, 전쟁하듯 사는 것일까?'

행성 주위에는 보석처럼 박혀 있는 별들이 깔려 있다. 안내자가 세세히 별자리에 관하여 설명해 준다. 알파별인 목동자리, 처녀자리는 봄에 가장 빛난다. 한여름 밤에는 은하수를 사이에 두고 헤라클레스를 앞세우며, 거문고자리, 독수리자리, 직녀성과 견우성이 서로 마주 보고 있다. 가을밤은 하늘을 달리는 천마 페가수스자리를 선두로 영웅 페르세우스, 안드로메다 공주가 차례로 나타난다. 겨울밤에는 별 중에 으뜸인 오리온자리, 쌍둥이자리, 황소자리가 밝게 빛난다. 무수하게 찍힌 별자리들이 지상화처럼 펼쳐져 비슷한 것 같으면서도 제각기 다른 모양이다. 하나하나 찾다 보니 영롱함에 빠져 밤이 깊어가는 줄도 모른다.

고구려 성곽을 형상화한 광장에는 작은 무대가 설치되어 있고, 공연과 별자리를 관측할 수 있다. 주관측실 8m 원형 돔이 하늘 문이 열리듯 지붕이 열리면 반사망원경으로 행성에서부터 우주의 여러 천체를 관측할 수 있다. 여러 대의 굴절 망원경과 반사 망원렌즈를 이용하여 낮에는 태양 필터를 이용한 태양 관측을 할 수 있고, 밤에는 실제 하늘에서의 달이나 별자리를 확인할 수 있었다. 아스라이 보이는 자그마한 별이 뭔지 모를 그리움에 빠지게 한다. 지나온 세월이 아쉬워서인가?

이태형 관장은 별에 대해 알기 쉽게 설명해 준다. 아웅다웅 살다 보면 꿈을 잃어가게 되는데, 별은 낭만과 꿈을 찾아가는 것이며, 우리의 마지막 종착지이기도 하단다. 별을 왜 좋아하느냐고 물으니 이렇게 답한다.

"제, 인생에는 별, 사랑, 술, 시, 네 가지 즐거움이 있어요!."

사람은 변하지만, 별은 변하지 않는 믿음이 있고, 사랑은 뜨거운 열정이 있어 좋고, 술은 진실을 보여주게 하는 도구가 되어준단다. 시는 낭만으로 길게 얘기할 필요가 없다면서 믿음, 열정, 진실, 낭만을 가지고 멋있게 살고 싶어서 누구보다 열심히 별을 공부했다고 한다.

사람들에게 별을 쉽게 가르쳐 주려고 '생활 천문학'으로 알렸다. 2011년도에는 조선 시대 풍속화가 신윤복 '월하정인(月下情人)'의 그림 속 그믐달을 컴퓨터 시뮬레이션으로 분석하였다. 1793년 8월 21일 자정 무렵의 달로 고도는 약 40도로 북극성 고도와 비슷했다. 그림 속 달은 지구의 그림자가 달의 아랫부분만 가리고 지나가는 '부분 월식'으로 두 남녀의 만남 시간을 자시(밤 11시~새벽 1시)로 분석했고, 교과서에 실리기도 했다.

고적함에 있는 별들을 바라보는 일은 많은 상념에서 나 자신을 끌어낸다. 별자리 이름을 모르면 어떤가? 거기, 흙빛 하늘에 별이 있고 내가 보고 있으면 족하다. 아파트에서 흘러나오는 불빛이 하나씩 별빛으로 바뀐다. 불이 켜지지 않은 창에 더 오래 시선이 머문다. 집에 하나, 둘 불이 켜지면 가족들이 모여들겠지. 이 평범한 일상이 얼마나 고마운 일인가? 집안에서 흘러나오는 불빛과 지상에서 가장 아름다운 별들이 밤하늘에 꿈을 수놓는다.

2

천상의 소리

비포장도로 흙길을 걷다 보면 능선 자락 아래 순수 자연림을 한 번에 만끽할 수 있다. 에워싼 산들이 마치 UR 컬처파크 공연장을 향하여 귀 기울이는 듯, 아늑한 느낌이 든다. '바스락바스락' 낙엽을 밟으며 걸으니, 내 소녀 시절 소리에 얽힌 기억이 들려온다. 아버지는 돌밭을 일구어 사과밭을 만드셨다. 가을이 되면 달짝지근한 사과 향을 맡고 온갖 새들이 모여들어 농익은 사과를 쪼아댔다. 얼마나 영리한지 단내를 풍기는 탐스러운 사과만을 쏙쏙 골라낸다. 결국, 팥알만큼 구멍 난 사과는 아이들의 간식거리가 되었다. 사과를 쪼아대는 새를 향해 '워어이' 소리를 질러보거나, 빈 깡통을 두드려 보지만 소리가 작은지 새들은 도통 물러서질 않는다. 아버지는 풍물시장에서 손때 묻어 반질반질한 북을 구해 오셨다. 나무를 다듬질해 북을 치는 봉을 만들었다. '둥둥둥!' 힘있게 두들기니 북소리는 사과밭을 타고 골짜기로 울려 퍼졌다. 그때, 내 작은 몸뚱이에 북소리가 휘감기는 순간, 가슴도 쿵쾅쿵쾅 소리를 내었다.

UR 컬쳐파크는 분당에서 1시간 남짓한 거리에 있으며, 원주시 지정면 간현봉에 자리하고 있다. 음향기기를 하나도 쓰지 않고 야외 원형 잔디 정원에서 공연한다니, 그 자체만으로도 호기심이 든다. 언덕을 오르니 긴 전나무 사이 돌들이 징검다리처럼 공연장을 이어주고 있다. 원주에 이런 멋진 공연장과 펜션이 숨어 있었다니! 애완견을 동반할 수 있었다. 애교덩이 깡순이를 데리고 올걸? 공연장 입구에서 오른쪽 카페에 들어서니 전면 창을 통해 들어오는 투명한 햇살과 달콤함이 묻어나는 빵의 향기는 오래도록 코끝에 감긴다. 그 속에서 케이크 한 조각에 차를 음미하다 보니, 잔디가 실크처럼 깔린 야외 공연장에 뛰어들어 맘껏 뒹굴고 싶은 충동을 느낀다.

소리 공연장의 꿈을 이룬 자연주의 건축가를 만났다. 화가이기도 한 그는 신기루 세상을 찾아다니는 동화 속 어린 왕자 같은 모습이지만, 그 뒤에 꼭 해내고야 말겠다는 의지의 눈빛이 그득한 얼굴이다. 도화지 같은 이곳, 농림지역 내 공장용지를 복합문화공간으로 허가를 받았다. 그리고 자연이 주연인 이곳에 찾아오는 사람이 조연이 되어 시각과 청각을 품은 공연장을 그려냈다. 이 거대한 공연장을 숲 속에 꼭꼭 숨겨 놓아 더욱 자연과 함께하는 소리 건축의 신비함을 느낄 수 있었다. UR 컬쳐파크의 'UR'는 당신이 문화의 중심입니다. 또는, 당신이 오셔서 느껴보시라는 의미다. 그는 잔디 깔린 한가운데 있는 원판으로 된 무대로 우리를 안내했다. 이 무대를 둘러싸면서 원형 건물로 되어 있는 것이 도넛 모양 같다. 전체 벽면에는 직사각형 검은 유리판 100여 개가 둥그렇게 울타리처럼 설치되어 붙어 있다.

"이 소리 공연장의 크기는 어느 정도 되나요?"

"잔디로 깔린 공연장은 약 400평이고, 건물이 450평, 전부 850평입니다."

공연 때 수천 명의 관객을 수용한다는 말에 놀라움을 감추지 못했다. 그는 "음향장비 없이도 잔향을 느낄 수가 있어요. 노래를 한번 불러 보실래요?" 좀, 어색하긴 했지만, 음성 테스트를 해 보고 싶었다. "나의 살~던 고향은 꽃 피는 산~골~." 음향기기도 없는데, 그 옛날, 아버지가 새들을 쫓을 때 두드렸던 북소리 울림 같기도 하고, 노래방에서 마이크에 대고 노래 부를 때, 울림소리 같기도 하다. "내가 노랠 이렇게 잘했나? 으흐흐…, 신기하네요~." 목소리가 울림으로 돌아와 이렇게 멋진 소리가 되다니, 자꾸 부르고 싶어진다. 그는 "돌판 재질의 원판 무대에서 노래하면 그 소리는 벽면에 붙은 검은 유리판에 반사돼 메아리로 돌아와 위로 퍼져 나가면서 천상의 소리로 변하지요!"

개장한 지 얼마 안 돼 코로나가 닥쳤지만, 외려 실내 공간을 찾는 사람이 줄어드니, 야외 공연장이 주목을 받기 시작했다. 가장 까다로운 게 야외 공연장이라 날씨의 영향을 많이 받는다. 봄, 여름, 가을은 자유롭게 할 수 있지만, 겨울이나 우천시 공연이 취소될 때는 난감해 제대로 운영이 힘들다고 말한다. 그럼, "야외 공연장 지붕을 '돔(DOM)' 형태로, 열고, 닫으면 어떨까요? 시각 효과도 생각해 열릴 때는 진흙에서 연꽃이 피어나듯 디자인하고, 닫혀 있을 땐 봉우리가 봉긋 맺혀 있는 모양으로 건축하면 사시사철 공연을 볼 수 있겠어요!"

그는 처음 시도하는 소리 야외 공연장을 건축하며 숨 막히는 사연도 많았지만, 끈기를 가지고 승리의 깃발을 꽂았다. 젊은 예술가들이 자신의 음악을 발표할 곳도 마땅치 않은 현실에 공연할 수 있는 장소를 마련해 준 것이 가장 큰 보람이란다. 음악은 인간에게 심

연의 순수함을 알리는 힘을 갖고 있다면서, 가을 정기 연주회를 준
비하고 있었다.

'어서, 빨리 음악이 주는 환희를 마음껏 향유해 보고 싶구나!'

3

꿈꾸는 여자들

✲햇살이 가득 들어오는 투명한 유리창이 마치 야외 테라스에 앉아 있는 기분이다. 신분이 다른 남녀의 애절한 사랑 「라 트라비아타(La Traviata)」 베르디 오페라 공연이 UR 컬쳐파크 실내 무대에서 공연을 준비하고 있다. 관객들이 무대 앞으로 의자를 가져가 듬성듬성 거리두기를 하며 앉는다. 리허설을 마친 오페라 가수가 긴장된 모습으로 서 있다. 1막, 파리 고급 매춘부였던 비올레타가 붉은 드레스를 입고, 자신의 저택에서 화려한 파티를 열고 있다. 그 유명한 「축배의 노래」가 테너와 소프라노의 노래로 들려온다. "마시고 또 마시자 넘치는 잔 속에 고운 꽃이 피어나네…. 덧없이 가는 시간 쾌락으로 맘껏 채워보세…. 나의 즐거운 시간을 전부 그대들과 나눠요…." 낯익은 아리아를 들으며 즐거움을 만끽한다. 경쾌한 목소리에 매료되어, 손뼉으로 호흡한다.

2막, 비올레타는 진실로 사랑해준 남자 알프레도를 만나게 되면서 많은 남자, 화려한 파티, 궁전 같은 저택도 모두 버리고 사교계를 떠나, 시골 마을에서 행복한 시간을 보낸다. 하지만 매춘부와 동거한다는 소문이 퍼지자 알프레도 아버지 제르몽은 헤어지라며 "아가씨 당신의 아름다움이 사라진다 해도 그 사랑이 변함없을까?" 비올레타는 편지를 써 놓고 떠나버리고, 알프레도는 복수심에 쫓아가 돈다발을 던지며 모욕을 준다. 3막, 그 충격으로 폐병을 앓고 있던 비올레타는 쓰러지고 만다. "안녕, 지난날이여. 장밋빛 내 얼굴은 이제 찾아볼 수 없구나." 결국, 알프레도 품에 안겨 "내 초상화를 받으세요."라는 노래로 먼 훗날 사랑하는 여인이 생기면 초상화를 보여주라며 눈을 감는다. 알프레도는 "얼어붙은 내 입술 움직이지 않는구나…. 이 슬픔이 내 가슴 찢는 것 같아…" 비통함에 절규하는 노래를 부르며 막이 내린다. 신분의 차별로 맺지 못한 사랑으로 끝나니, 가슴이 찡해지면서 발끝까지 힘이 풀리는 기분이다. 18세기 프랑스 파리를 배경으로 시작된 오페라 공연이 지금까지 감동을 주고 있다.

학창 시절에는 마음이 맞는 친구와 영화관에 가는 것은 큰 재밋거리였다. 다닥다닥 그물처럼 붙어 있는 산동네를 배경으로 금호 극장이 우뚝 서 있다. 영화가 시작되면 순간 어두워진다. 영사기가 쏘아대는 안개 불빛이 눈앞의 대형 화면에 내리꽂힌다. 형형색색 화려한 화면에 빨려들어 갔었다. 필름이 이 극장, 저 극장 돌고, 돌아 여기까지 왔나? 화면에 하얀 빗줄기가 그어진다. 절절한 사랑 이야기가 나오면 눈물을 주르륵 흘렸지. 눈물을 보였다는 사실이 창피해 누가 볼까 서둘러 눈물을 닦았다. 자막이 다 올라갈 때까지 꼼짝하지 않고 앉아 있던 기억이 떠오른다.

집으로 돌아가는 길, 도로 옆 '하꼬방' 같은 건물들이 화차처럼 붙어 있다. 유리 벽을 만들고 그 안에는 알록달록 오색등으로 치장했다. 여자들이 야시 같은 미소와 손짓으로 남자들을 유혹하고 있다. 긴 웨이브 파마 머리에 밀랍 인형처럼 하얗게 분칠한 얼굴, 붉은 입술로 관능적임을 과시했다. 몸의 곡선이 드러난 짧은 치마에 터질 것 같은 가슴, 더 적극적인 자세로 문밖에 의자를 내어놓고 앉아 있다. 무언가 구애하는 표정을 짓고 있다. 다리를 꼬고 담배를 폼 나게 피고 있거나, 껌을 리드미컬하게 딱! 딱! 소리까지 내며 씹고 있다. 향수인지, 분 내음인지 모를 오묘한 향내가 난다. 코끝을 자극하니, '빙그르르' 머릿속에 아지랑이가 피어오른다. 그녀들은 짙은 화장을 하고 무엇을 원하는 걸까?

하늘거리는 드레스, 봉긋이 틀어 올린 머리, 귀에 늘어뜨린 아름다운 귀걸이가 짤랑짤랑 소리를 낸다. 여자는 지나가는 남자를 잽싸게 낚아채며 말한다.

"오빠야~, 놀다~ 가~."

'어쩌면…, 그때, 그 여자들도 오페라 속 비올레타처럼 신분 상승을 꿈꾸진 않았을까?'

4

장성(長城), 넌 알고 있지!

북경의 한여름은 머리끝까지 푹푹 삶아 댄다. 뜨거운 열기는 도저히 감당이 안 된다. 마시는 물에 석회 물질이 섞여 있어 아무 물이나 먹을 수도 없으니, 다닐 때는 꼭 생수통을 들고 다녀야 한다. 일찌감치 관광버스를 타고 만리장성을 향했다. 교통 체증이 심해서 조금이라도 일찍 나서야 한다. 도로에서 얼마의 시간을 보내게 될지 모르기 때문이다. 창밖엔 웃옷을 훌렁 벗고 공사 현장에서 일하는 남자들이 보인다. 이 모습 또한 이곳만의 생활 속 일면이 아닐 수 없다.

남녀관계의 은밀한 이야기로 "하룻밤을 자도 만리장성을 쌓는다."라는 말이 있다. 하룻밤 사랑을 통해서 깊은 인연을 맺을 수 있다는 뜻일까? 그러나 그 유래는 전혀 다른 뜻으로 이루어졌단다. 중국의 진시황제가 북방민족의 침입을 막기 위해 인부를 모아 성벽을 쌓을 때 생긴 이야기다.

어느 젊은 청춘이 결혼 후 한 달 만에 남편이 장성을 쌓는 부역장에 징용을 당했다. 부인은 생이별하고 임을 기다리며 혼자 살아가고 있었다. 어느 날, 지나가던 나그네가 외딴집에 찾아들었다. 하룻밤 묵기를 간청하니 거절하기도 어려웠다.

"이, 외딴집에 혼자 사는 듯한데 무슨 사연이라도…."

숨김없이 남편이 부역을 가게 된 사정을 말해 주었다. 밤이 깊어지자 나그네는 노골적으로 달려들었다. 절개를 지킨다고 저항한들 소용없는 일이라 깨닫고, 나그네의 뜻을 받아들였다. 몸을 허락한 후, 부탁을 말했다. "공사장에 가서 남편에게 옷을 전해주시고, 증표로 글 한 장 받아다 주세요!"

나그네는 부역장에 도착하여 감독관에게 면회를 신청했다. 감독관은 "옷을 갈아 입히려면 공사장 밖으로 나와야 하는데, 잠시 교대해 줘야 가능하지요!" 나그네는 그러겠노라 말하고 작업장에 들어가 여인의 남편에게 옷을 전해주었다.

그 속엔 편지가 들어 있었다. 나그네와 하룻밤을 지낸 사연을 적고 허물을 탓하지 않겠다면 옷을 갈아입고, 집으로 돌아오고, 그럴 마음이 없다면 나그네와 교대하여 다시 공사장으로 들어가라는 내용이었다.

남편은 옷을 갈아입고, 부인에게 달려와 자식을 낳고 행복하게 살았다는 설화가 전해지고 있다. 마치 한 편의 이솝우화 같은 장성에 얽힌 이야기다.

장성은 이렇게 인부들의 애절한 사연들을 담고, 산 능선을 따라 용이 구불구불 기어가는 형상으로 지어져 있다. 경로의 풍광이 아름답다고 해서 걸어 올라가기로 했다. 거용관 쪽으로 올라가는데 경사가 가팔랐다. 산 능선에 따라 이어진 성벽을 사람의 힘으로 석재를 옮겨 지었다는 게 믿어지지 않을 정도로 놀라웠다.

춘추전국시대부터 진시황제에 의해 석축된 거대한 성곽은 오랫동안 만들어진 건축이기에 석재는 조금씩 다르게 보였다. 장성은 성을 쌓고, 일정 거리마다 양쪽으로 높게 성곽을 쌓은 후, 가운데로 통행하도록 길을 만들었다. 그 통로가 평탄한 곳도 있지만, 굽이굽이 높고, 깊은 산으로 올라가며 쌓은 곳도 있다. 워낙 경사가 가팔라 숨을 몰아쉬며 오르게 된다.

석재를 끼워 맞춰 놓은 돌계단을 한 걸음씩 걷다 보니 첫 번째 관문에 도착했다. 어디에서 이렇게 많은 석축 자재를 가져왔을까?

오랜 세월 지내오면서 비바람에 씻기어 지금은 속살처럼 반들반들 달아있는 돌계단에는 옛 인부들의 숨결이 녹아 있는 건축물이 되었다. 사람의 욕구와 야망의 한계를 초월한 장성을 바라보고 있으려니, 인간의 힘으로 불가능한 일은 없다는 생각이 들었다. 고통과 상처를 받았던 일상들을 날려 보낸다. 마음을 가볍게 만드니 성곽 아래 춤추는 나무들이 수염 휘날리는 산신령님이 되어 살포시 솟아올라 마음을 어루만져 주는 느낌이다.

장성 상봉 끝자락에는 수천 명의 인파가 마치 파도가 밀려오듯 올라오고 있다. 중국인으로 보이는 여인이 두 손 모아 합장을 하며 자꾸 고개 숙여 절을 한다. 어쩌면 그 옛날 국가를 지킨다는 미명하에 부역장에서 성곽을 쌓다 소리 없이 죽어간 인부들의 안위를 비는 것인지 모르겠다. 그들의 희생이 있었기에 이런 장성(長城)이 만들어졌겠지.

화강암으로 된 층계를 '아차!' 발을 헛디뎌 자칫 미끄러져 수백 미터 낭떠러지로 떨어진다면 나도 옛적 부역장에서 성곽을 쌓던 인부들처럼 이 산에 묻혀 뼈아픈 전설을 전하는 파랑새가 되지 않을까?

사납게 불어대는 바람에 머리카락은 있는 대로 뒤집힌다. 순간, 가슴 떨리는 알 수 없는 성스러운 기운이 흠뻑 들어와 탁한 영혼을 말끔히 씻어 낸다. 이곳은 사람의 정신을 맑게 하는 곳인가 보다. 앞을 보니, 가파른 계단과 성곽이 파노라마처럼 펼쳐져 하늘길에 닿아 있다.

'아, 머리에 붉은 기운이 돌며, 온몸이 휘청거리네!'

5

자비의 바다

꽃김 위원은 수용자 교정교화에 헌신적인 봉사를 해 오고 있다. 사월초파일 절에 봉사하러 가자고 애교 섞인 목소리로 말한다. 1년 중 가장 큰 행사가 열리는 날이다. 용봉초교 앞에서 승합차로 바꿔 타고 용봉사까지 올라가야 한다. 꾸불꾸불 산자락을 돌아 십여 분 달렸을까? 먼 길을 마다하지 않고 찾아온 불자들을 입구에 내려놓는다. 아름드리 소나무가 눈에 들어온다. 산새 소리가 손에 잡힐 듯 가깝고, 절로 향하는 길은 오를수록 더욱더 깊어져 간다. 산길은 여전히 비좁기만 하다. 용봉사는 그리 큰 사원(寺阮)은 아니다. 산 중턱에서 오랜 세월 버티어낸 고찰로 바라볼수록 신비감을 더해 준다.

'절(寺)에 오면 마음이 편해지는 이유가 무엇일까?'

일상의 찌든 마음을 말끔히 씻어 보내고, 새 힘을 얻어서겠지. 여러 법당이 있는데 그중 석가모니 부처님을 모신 대웅전은 불경과 목탁 소리에 맞춰 절을 올리는 불자들로 북적이고 있었다. 사연을 적어 넣은 연등이 천장에 빼곡하게 달려 소망을 들고 있다. 부처님 앞에 향로가 놓여 있고, 그 왼편에 황동으로 만든 청수 그릇, 오른편에는 생미(生米)가 놓여 있다. 그리고 꽃과 과일 등이 올려져 있으며, 촛대도 좌우로 균형 있게 놓여 있다. 불자들이 초에 불을 붙여 올리고, 향을 그 촛불에 불을 붙여서, 향로 한가운데 곧게 세워 꽂으며 소원을 빌고 있다.

법당에 들어가지 못하고, 밖에서 예불을 올렸다. 그녀는 절을 할 때 자세를 일러준다. 바르게 서서, 두 손에 마음을 모아 연꽃 봉우리 같은 모양으로 합장한다. 앉을 때는 무릎을 꿇고, 허리를 편다. 이마와 양 팔꿈치와 무릎을 완전히 바닥에 붙인다. 그리고 엉덩이가 높아지지 않게 엎드린 모양은 수평이 되도록 해야 한다. 절을 하는 횟수가 중요한 것이 아니라 절할 때 마음이 얼마나 절실한지 그게 더 중요하단다. 큰맘 먹고, 108배를 해보기로 했다. 그러나 몸은 마음과 달리 50배가 넘을 무렵부터 힘들기 시작했다. 중도에 포기하고 싶기도 하고, 절을 하고 나서 일어나기도 만만치가 않다. 쉽게 해 보겠다는 생각을 내지는 못하겠구나! 그런데, 108배를 끝내고 나니, 육신의 고통을 느끼면서 자신의 잘못을 점검하게 되는 참회의 마음이 일어났다. 그냥 그렇게 지낼 수도 있었는데, 조금이나마 깨달은 게 얼마나 다행스러운 일인가?

 봉사할 장소로 가 보았다. 벌써 사람들이 모여들고 있었다. 햇빛 가리개로 천막을 쳐 놓은 장소에서 염주로 만든 목걸이나 팔찌, 양초, 향을 팔면서, 차를 대접하는 일이다. 싹싹하게 대하며 불교용품을 잘 판매하니, 이 절의 직원 같다고 칭찬한다. 그녀는 산속에서 채취한 솔잎에 꿀을 넣고 재워두었던 솔잎차를 타서 준다. 입안 가득 퍼지는 솔향이 피곤함을 녹여준다. 불교용품이 잘 팔려나가니 덩달아 기분이 좋아진다. 김 위원은 12시가 넘으니, 점심 공양을 가자고 손을 잡아끌었다. 그럼, "여긴 누구한테 맡기고 가나요?" 물으니, "부처님 생신날 절에 와서 도적질할 사람은 없으니 안심해도 돼~."라는 말에 "그러네요!" 맞장구를 치면서 웃음보가 터졌다. '내가 의심이 많은 건가?'

 절에서 별도로 건축한 공양간으로 들어서니, 불자들로 발 디딜 틈 없었다. 안내자가 신발은 각자 봉지에 넣어 들고 가라고 말한다.

'그럼 신발 도둑이 있다는 건가? 아니면 신발이 바뀔까 봐 걱정돼서
일까?'

절에서는 채취한 산나물로 음식 공양을 하고 있는데 인공 식품에
서 느낄 수 없는 맛과 향이 난다. 사찰 음식은 입맛 돋우는 산나물
비빔밥이다. 곰취, 참나물, 머위, 명이나물로 종류가 다양하다. 청
정 그대로의 곤드레 향이 솔솔 나는 밥과 산나물을 넣고, 양념장과
함께 쓱쓱 비벼 먹으니 잠들었던 입맛이 살아난다.

양초를 팔고 있는데, 스님들 염불과 목탁 두드리는 소리가 들려온
다. 무한한 자비의 바다 같은 '천수경' 불경 소리에 빠져든다.

6

묵(墨) 향에 빠져 볼까?

✧✧거리에선 사람들의 웃음소리가 사라졌다. 사람들은 공포에 위축되어 웃음은커녕 마지못해 움직이듯 생활에 활력이 없다. 전염병에 감염이라도 되면 어쩌나? 계속되는 집안 생활로 심신이 지쳐가며, 불안감이 몰려온다. 답답한 마음을 달래기 위해 주말을 이용해 고향 친구 지희를 만나러 가고 있다. 춘천시 신북읍 산천리에 자리 잡은 고택에 살고 있다. 서까래가 덮여있고, 대들보가 튼튼한 뼈대가 좋은 집이다. 넓은 마당이 한눈에 들어온다. 실내는 자신이 쓴 붓글씨로 정감 있는 공간으로 만들었고, 인생을 함께 견뎌줄 따뜻한 집으로 꾸며 놓았다. 그녀는 일주일에 한 번 복지관에 나가 어르신들께 서예를 가르치며 시골살이 중이다.

중학 시절, 서예를 배운 경험이 있다. 처음엔 기본적인 붓 잡는

법을 통해 붓과 친해지고, 판본체로 이름 쓰기 및 짧은 문장 쓰기를 하며 붓글씨 수업을 진행한다. 처음 붓을 잡을 땐, 수전증 환자처럼 비뚤비뚤 쓰였다. 하지만 쓰는 동안 집중해서인지 잡념에서 벗어나는 시간이었다. 신문지에 먼저 연습을 하고 나서 습자지에 글을 옮겨 쓴다. 서예 선생님은 잘 써진 붓글씨를 교실 뒷면 '솜씨 자랑' 게시판에 붙여 놓았다. 지희의 붓글씨는 항상 맨 위쪽에 붙어 있었다. 지희는 선생님의 칭찬을 받으며 나날이 실력이 늘어갔고, 이후 취미 삼아 시작한 서예 공부가 서예가의 길로 가게 했다.

그녀는 붓글씨를 여성들에게 추천하고 싶단다. 중년 이후 찾아오는 우울증이나 불청객 코로나에 의한 스트레스는 서예가 최고의 처방이며, 좋은 문구를 직접 쓰다 보면 마음에 와 닿는 교훈도 얻을 수 있고, 심신의 안정에도 큰 도움이 된다고 한다. 또한, 서예를 배우다 보면 수강생들과 친목 도모도 되고, 이런저런 사는 이야기를 나누다 보면 인생에 대한 교훈도 얻어가니까, 여가 활동으로 붓글씨만 한 것이 없다고 적극적으로 권한다. 나는 "글씨가 예쁘지도 않고, 잘 못 쓰는데 괜찮을까?" 물었지만, 그녀는 악필하고는 관계가 없다면서 "서예는 글자의 모양을 예쁘게 표현하는 목적이 아니라 흩어진 마음을 하나로 집중시키는 것이지. 곧, 붓을 잡는 것은 마음을 잡는 것이야!"라며 획을 긋는 것은 내 마음을 바로 긋는 것이며, 마음이 어지러우면 글씨도 어지러워지기 마련이란다. 붓을 곧게 세우고 꼭 같은 굵기의 획을 천천히 내려긋거나, 가로로 긋는 연습은 실력을 키우는 방법인데 반복해서 훈련하다 보면 힘 있는 붓글씨가 써진다고 일러준다.

복지관에서 서예 교실 프로그램을 재개한다고 해서 참석해 보았다. 수강생들은 반갑게 안부를 물으며 화기애애한 분위기 속에서 진행하고 있었다. 먼저 "우리나라 대한민국 연습용 종이에 써 보세요!" 수강생들은 어르신임에도 집중력 있게 한 자 한 자 또박또박 붓으로 써 내려간다. 강사인 그녀는 일일이 붓 잡는 법이나 서로 쓴 글을 비교해 보며 조언을 아끼지 않았다. 지긋한 연세의 어르신은 "붓글씨 배우는 것이 참 재미있어요. 잡념도 없어지고 집중하여 글을 쓰게 되니 생활에 활력소도 생기네요. 나이 들어서도 이렇게 붓글씨를 배우니 얼마나 좋은지 모르겠어요." 어떤 때는 손과 붓이 내 맘대로 되질 않을 때가 있지만, 마음을 편안하게 가라앉히고 글 쓰는 것에 집중하면 잘 써진다고 말한다. "허리를 꼿꼿이 세우고, 팔꿈치도 들고, 붓도 바로 세우고 쓰도록 하세요. 붓글씨는 바탕 그림을 그려 넣는 것이 아니므로 종이 위에서 균형과 조화를 잘 생각해야 해요." 쓰다 보면 자연적으로 한문 공부도 하게 되고, 외울 수밖에 없으니 '일거양득(一擧兩得)' 효과를 얻을 수 있다고 그녀는 자상하게 알려준다.

막힌 공간에 갇힌 듯, 고립감에 우울하고 무기력하다. 서예 교본, 붓과 먹물을 주문했다. 책상 앞에 앉아 붓글씨를 쓰노라면, 방안 가득 묵(墨) 향이 스며들어 흩어졌던 마음이 정돈된다.

7

쓰윽, 쓱

✧"책 읽기 습관은 아주 중요하죠!"

논술에 도움이 된다는 말을 듣고, 속독 학원에서 상담을 받고 있다. 우리 때와 다르게 교과서가 이야기 형식으로 변화되면서, 평가도 서술형으로 바뀌었다. 50대 중반의 학원장은 속독 책도 직접 집필했고, 이 계통에서는 꽤, 유명인에 속한다고 자신을 소개한다.

책을 읽을 때 속도가 붙으면 더 많은 책을 읽을 수 있고, 훈련을 통해 머릿속이 맑아져 기억하는 효과를 돕는다고 한다. 또한, 책을 빨리 읽게 되면 문제를 빨리 풀 수도 있고, 모든 과목의 공부하는 시간을 줄여 줄 수 있다고 장점을 말해준다.

"어머님도 단시간에 책을 많이 읽고 싶지 않으세요? 요즘은 나이와 상관없이 직장인이나 주부들도 많이 배우고 있어요!"

"기억력이 좋아지고, 전체적으로 뇌의 활성화를 돕기 때문에 치매나 뇌졸중 예방에도 큰 도움이 된답니다. 생각만큼 어렵고 복잡한 것이 아니라 오히려 아주 쉽고 재미있는 공부라 할 수 있어요."

신문이나, 책을 볼 때 속도를 조금 더 낼 수 있다면 많은 책을 볼 수도 있고, 정보도 빠르게 습득할 수 있으면 얼마나 좋을까? 훈련을 통해 독서량을 늘릴 수 있다는 말에 매료되었고, 속독 배울 기회를 포기할 수 없어 배워 보기로 했다.

소형 강의실 책상에는 독서대가 놓여 있었고, 원장님이 집필한 학습지로 수업을 받는다. 책장을 넘기며 살펴보니, 퍼즐 무늬 같기도 하고, 점자책 같기도 하다. 먼저 10번 정도 손뼉을 치면서 정신을 일깨우고, 눈 마사지하는 방법을 설명해 준다. 복식 호흡을 하는데 배의 아랫부분으로 숨을 쉬는 것이 중요하다. 숨을 5초 정도 들이마신 후 2초 정도 멈추었다가 5초 동안 천천히 내뱉는다.

눈동자를 좌우로 빠르게 움직여 주고 나서, 위, 아래로 여러 차례 빠르게 움직여 주고, 빙글빙글 돌려준다. 마지막으로 목과 어깨의 힘을 빼면서 긴장을 풀어주라고 한다.

훈련은 초급에서 중급, 고급까지 여러 단계를 거친다. 초급 때는 시폭 확대 훈련으로 눈이 인식할 수 있는 글자 수를 늘리는 과정이다. 본격적인 수업으로 눈을 깜빡이지 않고 백지 위에 한 점을 응시하는 것으로 시작해서 눈 근육을 단련한다. 시점 이동 학습으로 나란히 찍혀 있는 점에 시선을 왼쪽에서 오른쪽으로 점 하나를 3초씩 응시한다. 좌에서 우로 검은 점을 빠르게 보거나, 위에서 아래로 보는 훈련을 반복적으로 하였다.

책을 볼 때 눈을 돌려가며 '쓰윽, 쓱' 훑어보는 것이 몸에 딱 붙어버렸다.

'빠르게 보는 훈련이기에 책을 읽는 것이 아니라 스쳐 지나가듯 보기 때문일까?'

아무리 많은 책을 봐도 책을 깊이 읽지 않으니, 글쓴이가 무엇을 말하려는 건지도 모르겠고, 연결이 안 되니, 공감 능력이 떨어지기 일쑤였다.

글쓰기 공부를 하면서 바꿔 보려고 노력하는 습관이 생겼다. 책을 스캔하듯 읽는 것이 아니라 깊이 있게 읽으려고 노력한다. 글쓴이가 어떤 메시지를 가지고 쓴 것이며, 또한 전달하려는 생각은 무엇인지, 그 과정에서 글쓴이가 주로 사용하는 핵심은 어떤 식으로 부여하는지를 살펴보고 있다.

어느새, 글쓴이가 전달하려는 생각과 내 생각이 어떻게 다른지 생각하며 읽다 보니, 머릿속 잠재되었던 글이 연상되면서 읽어 내려가던 글과 합쳐져 문학이 지어지고 있다.

8
룸비니 쉼터

용인시 처인구 이동면 어비리에는 뭔가
특별한 것이 있다. 3년에 걸쳐 쉬엄쉬엄 지어진 건강미 넘치는 룸
비니 쉼터가 자리하고 있다. 출소해 갈 곳 없는 수형자들이 쉬어가
는 곳이다. 담쟁이덩굴로 옷을 입은 집, 어디선가 들려오는 물소리
가 오랜 여행길에서 돌아온 그녀들을 반기는 연주곡이 되어준다. 그
녀들을 손 내밀어 잡아주는 김 원장은 60대 초반의 후덕한 얼굴에
다정스런 속마음이 스며진 모습이다. 건축은 원장님 남편이, 실내장
식은 원장님이 꾸몄다. 부창부수의 결정체가 봉사의 터전이 되었다.
감각 못지않게 예쁜 것은 이 부부의 마음, 쫓기던 새의 쉼터처럼 가
슴 파닥거림을 풀어 놓고, 쉴 수 있게 넉넉한 공간을 만들었다.

머무는 곳은 넓은 창을 통해 들어오는 투명한 햇살과 오랜 친구

같은 느낌의 원목 나무로 만들어진 탁자와 의자, 그 속에서 그녀들은 책을 읽거나 차 한잔을 하면서 잔잔한 휴식을 온몸으로 느낀다. 1층 거실 안은 김 원장 부부가 깎아 만든 아기자기한 원목 소품, 항아리 모양의 도자기, 진열된 질그릇들이 편안해 보인다. 작업실로 만들어진 공방 안에는 야생화를 그려 넣은 손가방이나 이야기를 넣어 지은 소박한 개량 한복이 진열되어 있다. 그녀들에게 참살이 요리나 개량 한복 만들기, 꽃꽂이나 꽃재배 기술을 가르쳐 사회에 나가 홀로 설 수 있도록 생활 여건을 마련해 주고 있다. 또한, 소원해졌던 가족과 연결해 화해를 주선하여 가족의 소중함을 일깨워 주기도 한다. 지금은 오랜 수형 생활로 파킨슨병이 악화된 60대 여인을 돌보고 있었다.

정원에는 넓은 광주리에 절여 건진 배추들이 산더미처럼 쌓인 것을 보니, 놀라 입이 떡 벌어진다. 가정 형편이 어려운 칠백여 명의 수형자 가족들에게 김장 김치를 담아 전달해 주기 위해서다. 장장 3일에 거쳐 교도소 교정위원 10여 명과 매년 함께하는 김장 나눔 행사를 하고 있다. 김 원장의 진두지휘하에 김장을 일사천리로 하고 나면 온몸은 붉은 도장 찍힌 듯 통증이 불거져 올라온다.

원장님께 물었다.

"헌신적인 봉사를 해오며 가장 힘들었을 때는 언젠가요?"

"교도소에서 병을 얻어 출소 후 지속적인 치료를 받아야 하지만 경제적 여건으로 병원 치료를 해줄 수 없을 때 안타까워 애가 탑니다."

"쉼터 지명을 룸비니로 지은 특별한 이유가 있나요?"

"룸비니는 유명한 불교 순례지로 석가모니 탄생지예요. 심신이 지친 그녀들이 부처님의 자비로움 안에 거하면서 편히 쉴 수 있기를 바라는 마음이 들어 있어요!"

출소하여 갖가지 이유로 가족과 소통할 수 없는 그녀들의 생일에는 조촐한 파티를 열어 축하해 주고 있다. 숯불 바비큐 생고기와 소시지, 쌈 채소를 비롯한 과일주 그리고 묵은김치와 지글지글…. 정원에서 품어내는 로즈메리, 라벤더 허브향이 머리를 맑게 한다. 룸비니 쉼터는 사생활을 침해하지 않는 범위에서 답답하지 않은 공간으로 꾸몄고, 황토 찜질방을 만들어 습한 공기에 찌들었던 몸을 치유할 수 있도록 돌보고 있었다.

3층은 다락방 모양으로 꾸며져 있었다. 침대에 누워 천장을 통해 별과 친구가 되기도 한다. 그 위쪽으로 한 줄기 바람이 불어올 때 그녀들의 영혼은 바람보다 자유로워 보인다. 그럴 때면 묵었던 아픈 고독마저도 감미롭다.

그림처럼 서 있는 예쁜 집의 문을 살며시 밀어 보았다. 주방에선 원장님의 '토닥토닥' 도마 위에서 칼질하는 소리가 들린다. 어머니 손맛으로 차려진 뷔페식 아침을 먹으며 그녀들은 이렇게 묻는다.

"이 갈치찜에 뭘 넣었기에 이렇게 맛있어요?"

9

삼한골 나들이

꙳삼한골 골짜기로 접어들수록 둥글고 흰 화강암이 지천으로 널려있다. 터를 잡은 소나무 가지가 축축 늘어져 운치를 더한다. 시야가 넓어지면서, 머리가 개운해지는 건 소나무 향에 취해서리라.

다도 동호회 회원 4명이 삼만 개의 골짜기로 이루어졌다는 춘천 '삼한골'의 답사길에 올랐다. 특수부대원 훈련장이었다가 칠십 년 만에 산림청으로 반환되었다. 평소 다도에 관심을 가진 이들과 다담(茶談)을 함께하며 정분을 나누고 있다. 차로 유명한 유적지를 찾아 지방 나들이도 하면서 차 사랑에 대한 친목을 이어가고 있다. 때로는 특강도 받고, 연극도 보고 즐기면서 일에 찌든 심신을 추스르는 지혜를 얻기도 한다. 찻잔은 작지만, 자연을 담아 함께 마실 때 자연과 더불어 살아갈 줄 아는 마음의 세계를 열어준다. 다인들은 얼굴이 맑고 생기가 넘친다.

걸어서 좀 더 깊숙이 수풀을 헤치고 들어갔다. 바위가 있는 골짜기는 서로 험준하게 기울어져 있다. 선녀들이나 와서 놀 법한 구암 폭포가 보인다. 세찬 물줄기가 떨어진 거북 모양 웅덩이에는 비취색 물이 담겨 있다. 거울에 비친 듯, 맑은 물에는 청갈색 피라미와 황갈색 버들치가 떼를 지어 노닐고 있다. 차 맛은 물맛의 영향을 많이 받는다. 같은 찻잎이라도 물맛에 따라 천차만별로 변한다. 계곡물을 끓여서 말린 찻잎을 우려내어 마셨다. 찻물과 차 향이 한데 어우러진 향기는 마치 자연을 소유한 듯 황홀한 느낌이 든다. 두 번, 세 번 우려서 차 맛을 만끽하였다. 눈을 감고 산새 소리, 콸콸대는 물소리, 서늘한 바람 소리를 느껴본다.

삼한골은 청정계곡으로 남아있다. 원래는 계곡 전체가 특수부대 훈련장으로 민간인 출입을 금지했었다. '국가 중요시설 출입금지' 안내문을 철거하고 발 담그고 편히 쉴 수 있는 국립 춘천 숲체원으로 탈바꿈해 치유 여행의 명소가 되었다. "오감으로 느껴지는 숲은 기분 좋은 상쾌함을 줍니다!"라는 안내와 함께 안내원이 숲 친구 길, 놀다가 길을 같이 걸으며 힐링의 시간은 이어진다. 부모와 같이 온 아이들은 분주하게 세상에 숨겨진 보물을 찾듯 탐색을 하고 있다. 곧바로 걷지 않고 지그재그로 걸으며 돌이나 흙을 만져보기도 하고 바위 위에 솔방울이 떨어져 있으면 깨끗이 치우기도 한다.

안내원은 "지금 여러분이 앉아 계시는 장소는 '아침 못' 마당입니다. 이제 아침 못이 생긴 유래를 따라가 보겠습니다!"라고 안내하며 이야기를 시작한다. 옛적 신북면 유포리 마을에 큰 부자가 살고 있었다고 한다. 그는 인색해서 인정을 베풀거나 나누질 못했다. 고승이 집 앞에 와서 시주를 청했다. "보시로 공덕을 쌓으십시오!" 부자는 구정물을 끼얹으며 소리쳤다. "이게 바로 보시다!" 스님은 "인색하게 살았으니 덕을 베풀며 사는 것이 도리 아니겠습니까?" 화가 머리끝까지 난 부자는 외양간의 쇠똥을 퍼다가 뿌렸다. 쇠똥 벼락을 맞아야 할 스님이 감쪽같이 사라지고 하늘에서 난데없이 굵은 빗방울이 떨어지기 시작했다. 빗줄기는 3일 동안 쏟아졌고, 기와집은 물에 잠겨 움푹 꺼진 못으로 변해버렸다. 하루아침에 완전한 못이 생겼다고 해서 '아침못'이라 불렀다. 지금도 유포리 마을에 저수지로 존재한다. 도로 이정표에도 보면 '아침못길' 가는 길이 표시되어 있다. 자신보다 가난한 사람, 힘없는 사람, 지위가 낮은 사람을 무시하며 하대하는 교만한 마음은 반드시 자신을 불행하게 만든다는 것을 일깨우는 전설인가보다.

　삼한골은 이제 다른 모습이 되어 구전 역사와 숲 이야기를 전해
주고 있다. 코로나가 세상을 흐려놓으니 사람들은 질세라 숲의 나
무를 찾아 오르고, 또 오른다. 그래도 숲 속의 나무들은 어김없이
우리를 반기며 품어준다.

10

감천마을에서, 금숙아 놀자

 ✧부산 감천문화마을은 예술인들이 거주하면서 문화공간으로 바뀌었다. 마을 입구에 들어서니 외국 관광객들이 자연과 어우러진 그림 같은 풍경을 즐기고 있다. 마을을 둘러보기 위해 제일아파트 뒤에서부터 출발하였다. 태극도 본부 옆 골목을 통해 돌아가 보았다. 산비탈을 따라 계단식 집단 주거 형태로 모든 길이 통한다. 장난감 같은 집들 사이로 벽과 벽에 손끝이 닿을 만큼 좁은 골목길이 보인다. 그 사이로 질서정연한 계단이 뭉게구름 낀 하늘과 이어져 아찔한 현기증을 일으킨다.

 어릴 적, 행당동 달동네에 살았다. 가파른 산기슭을 깎아 지은 집은 게딱지처럼 더덕더덕 붙어 있었다. 기차 객실처럼 생긴 골목길은 어두운 터널 같았다. 미로 속을 헤쳐 가듯, 비지땀을 흘리며 올라갔었다. 집에 도착하며 '휴…' 하는 한숨이 절로 나온다. 방 1칸에 올망졸망 5식구가 모여 살았다. 어머니는 나머지 3칸의 방은 사글세를 놓아 종잣돈을 만들었다. 가로등도 없는 골목은 집안에서 흘러나오는 희미한 빛에 의지해 다녀야 했다. 여름에 장맛비라도 퍼부으면 집안에 빗물이 차오를까? 바, 가족들은 뜬눈으로 밤을 지새우곤 했다. 폭설로 골목길이 얼어붙으면 연탄재를 부수어서 뿌려 미끄럼을 방지했다.

감천문화마을 입구에는 태극 문화 홍보관이 있다. 집을 산기슭에다 수평으로 줄지어 건축하는 사진이 전시되어 있다. 안내원이 감천문화마을 역사가 태극도에 의해 형성되었음을 소개했다. 1920년대 태극도란 특정 종파에 의해 대한민국 전국을 무대로 포교 활동을 하였고, 전국 각지에서 신앙인들이 모여들어 마을이 형성되었단다. 1871년 전라북도 정읍시 고부 지역에서 태어난 강일순(호: 증산)에 의해 신흥 종교 태극도가 탄생하였다.

1909년 37세 나이에 사망하였지만, 태극도는 유지되며 전통을 이어나갔다. 제자 중 한 사람인 조철제(호: 정산)에 의해 지금의 자리인 부산 사하구 감천동 일대에 태극도 본부를 설치하고 전국에 포교 활동을 하며 집성촌을 이루었다. 건물과 건물들이 서로 통하게

경사면을 이용해 앞 건물이 뒷 건물을 가리지 않는 입체적인 마을
로 건축되었다.

　이후, 감천동은 6·25 한국전쟁 당시 피난민들의 힘겨운 삶의 터
전이 되었다. 판잣집은 1960년대를 지나면서 슬레이트 지붕을 얹은
건물로 개조되었다. 하지만 태극도 교인들에 의해 형성되었던 주택
구조와 골목길은 고스란히 보존되었다. 산비탈에 자리 잡은 탓에
가뜩이나 안 좋은 물 사정은 주민들을 더욱 괴롭혔다. 수시로 물지
게를 등에 지고 비탈을 오르내려야 했다. 날씨가 불순한 날에는 판
자벽을 타고 들어온 바람으로 연탄가스가 스며들어 잠자던 주민이
불상사를 당한 적도 있었다.

　1970년대에 감천마을은 판잣집이 겹겹이 붙어 있어 화재 위험과
노후화 문제가 제기되었다. 부산시에서는 낡은 주택을 현대식 건물
의 보수로 이어졌고, 가난한 예술인들이 모여들어 '감천문화마을'로
바뀌었다. 예술인들은 신묘함을 주는 색채로 벽면을 가득 채웠다.
크게는 파스텔톤 무지개 색조로 나뉘지만, 분홍색이나 진한 벽돌
색 등 다른 곳에서 보기 힘든 색조도 조합이 되었다. 그 안에는 가
늠하기 어려운 감천마을 주민들의 절박했던 과거가 녹아 있다. 크면

큰 대로 작으면 작은 대로 의좋게 붙어 있는 건물의 정다움이 가슴을 시큰하게 해 준다. 그 안에 사는 이들은 슬플 것도 복될 것도 없어 보이는 덤덤한 살림살이를 이어가고 있다.

감천문화마을 전경이 보이는 하늘마루에 올라서니, 달동네 친구였던 금숙이가 생각난다. 파란 대문을 두드리며, "금숙아~ 놀자~!"라고 불러보고 싶다.

꿈꾸는 여자들

펴 낸 날   2022년 07월 22일

지 은 이   박현선
펴 낸 이   이기성
편집팀장   이윤숙
기획편집   서해주, 윤가영, 이지희
표지디자인 서해주
책임마케팅 강보현, 김성욱
펴 낸 곳   도서출판 생각나눔
출판등록   제 2018-000288호
주   소   서울 잔다리로7안길 22, 태성빌딩 3층
전   화   02-325-5100
팩   스   02-325-5101
홈페이지   www.생각나눔.kr
이 메 일   bookmain@think-book.com

• 책값은 표지 뒷면에 표기되어 있습니다.
  ISBN 979-11-7048-423-3 (03810)